# シスターと触手

## 邪眼の聖女と不適切な魔女

Sister and Tentacle

The Evil-Eyed Saint
and the Inappropriate Witch

# ―1― シスターと触手 ――

「ナンシー・アマリリス、神聖なる星見《ほしみ》の儀《ぎ》によって、貴様の体内に夷能力《バグ》の発露を認めた。よって正教会は貴様を魔女と認定し、直ちに斬首の処分とする」

「お願いします。なにかの間違いです。私は魔女ではありません！」

聖ロアールの断頭台。

街の中央広場に設けられた円形の処刑場はぐるりと見物客に取り囲まれている。

処刑場へと全方位から降り注ぐ無数の好奇の眼差し。

その視線を一心に浴びながら、断頭台の首枷《くびかせ》にうら若き少女の身体《からだ》が固定される。その頭上にはロープで吊るされた強大な刃、首に入りやすいように斜めに取りつけられた刃が午後の日差しを受けギラギラと光っている。首枷の真下には木製のたらい。

「お願いします！　私の力は女神さまの恩寵《ギフト》です。悪魔によって授けられた夷能力《バグ》なんかではありません！」

断頭台の中で身をよじりながら、必死に叫ぶ少女。

が、その必死の懇願に対して返ってきたのは、観衆からの嘲笑だけ。

「直ちに執行せよ」

嘲笑が鎮まる間を待って執行官の凛《りん》とした声が広場にこだまする。その直後、処刑人がロープを離し、首枷の上部に吊り上げられていた巨大な刃が落下する。

「いやっ！　わた――」

少女の最後の言葉は首枷に落下した刃によって途中で阻まれ、ただの血液混じりの呼気となり、宙へと消え去った。

たらいの上にごろりと落ちる金髪の若い女性の頭部。その顔は苦しみと悲しみに歪んでいる。首から流れ落ちる鮮血が自らの頭部に勢いよく降りかかる。

が、残念ながら今の僕には同情の気持ちはまったくわかない。というか、そんな余裕はまったくない。

「次！」

なぜなら、次に処刑されるのは、僕なのだから――。

「前へ進め！」

二人の処刑人が僕を断頭台に押しつける。

全身の力を使って、なんとかそれをはね退けようとするが、まったく動けない。肩を押さえる方向で絶妙に重心をコントロールしているようだ。

僕の首はいとも簡単に断頭用の首枷の中へと収まり、ドワーフ族の処刑にも対応した分厚い首枷が僕の首を過剰にがっちりと固定する。

「シオン・ウォーカー、神聖なる星見《ほしみ》の儀《ぎ》によって、貴様の体内に夷能力《バグ》の発露を認めた。よって正教会は貴様を魔女と認定し、直ちに斬首の処分とする」

執行官が先ほどの少女とまったく同じ文言で僕の処遇を告げる。

淡々として冷たく、なんの感情もこもっていない女性の声。

首枷《くびかせ》に固定された僕は頭上を見ることができないが、おそらく僕を蔑《さげす》んだ目で見下しているのだろう。

「ちゃっちゃと次々行こうぜ！」

「魔女は処刑だ！」

残酷なショーを望む客から一斉に野卑な歓声が上がる。

「待ってください！　これはなにかの間違いです。僕は男ですよ！」

人間社会に望ましくない忌まわしき能力、夷能力《バグ》の持ち主は魔女と呼ばれる。その名のとおり夷能力《バグ》の発現者はほとんどが女性。男の僕が魔女なんて、間違いとしか思えない。

「ふん、なにかの間違い？　そんなわけなかろう。この魔獣憑《つ》きめ」

執行官の冷たい声が僕の後頭部へ吐き捨てられる。

魔獣憑き……？　その口調から蔑みの言葉だと察せられるが、意味は理解できない。

「精霊糸《せいれいし》なんて、ありふれた恩寵《ギフト》じゃないですか。なんで僕が魔女なんです！」

女神アスタルテの加護により与えられる固有スキルの有無を判断する儀式、星見の儀。

それによって判明した女神から与えられたスキル、いわゆる〝恩寵《ギフト》〟は精霊糸だったはずだ。

魔力を糸状に具現化する能力。

精霊糸は戦闘に使えるほどの強度はなく、発現率も珍しくない。

精霊糸の恩寵持《ギフト》ちの働き口は革細工の職人、あるいは装飾品の工房だ。

社会にとって危険な存在とみなされるようなものではない。

にもかかわらず……。

僕は女神ではなく悪魔から授けられた忌まわしき能力、夷能力《バグ》の持ち主と判断されてしまったのだ。

そんなものはどこにでもある恩寵《ギフト》で危険性などない。そんなこと女神アスタルテに剣を捧げた執行官なら当然わかっているはずだが。

「神託はなにがあっても覆《くつがえ》らない。貴様でもそれくらい知っているだろう」

もちろん知っている……。

でも……。

こんな裁定で殺されるなんて受け入れられない。

「でも……どう考えてもおかしいです！」

「貴様、女神アスタルテを疑うか？」

頭上から聞こえる執行官の声。

「ちがいます！　神を疑ってなんか――」

「神法にのっとり正しく行われた星見《ほしみ》の儀《ぎ》を疑うのは、神を疑うも同じ！」

「いや、ちが――」

「神を疑う。それこそ魔女の動かぬ証拠だ！」

交渉の余地を感じない冷たい声色。

魔女だという裁定に異議を唱えたら、それが魔女だという証拠。

なんて単純な詭弁《きべん》なんだ。

――無念だ。

こんな理由で処刑されるなんて。こんな子供でもわかる循環論法で……。

刑場を取り囲む観衆たちも論理の破綻には気づいているはず。

しかし、誰も意義を唱えない。

当然だ。ヤツらは僕が処刑されることを楽しみに集まっているのだから。むしろ、不条理な理由で殺されるほうが、娯楽として楽しいのだろう。

すでに僕の正面にはたくさんの人間が詰めかけている。断頭台が僕の首を斬り落とす瞬間をはっきりと見るために。僕の死を楽しむための特等席だ。

興奮でギラギラと輝く目。僕の首が刎《は》ねられるのを今か今かと待っている。

――無念、無念、無念！

こんなことなら本当に僕の力が夷能力《バグ》であればよかったのにと思う。

そうであれば、この首枷《くびかせ》を引き裂いて、このニタニタ笑ってる奴らをめちゃくちゃに……。

しかし、僕の恩寵《ギフト》にはその力はない。

人差し指の先端から伸びる絹のような糸。

この細く脆《もろ》い糸で今できることはなにもない。

──無念、無念、無念、無念！　無念としか言いようがない。

僕は両親も早くに失ったため、平穏な家庭を持つことがささやかな夢だった。なのに恋人を作るどころか、女の子と手もつながずに、人生が終わるなんて……。

──女神アスタルテよ、せめて次の人生では運命の相手との出会いを。

滑稽《こっけい》な話だ。女神の神託によって処刑されようとしている自分が、その女神に祈るなんて。

そんな僕の最後の祈りは意外な形で遮られた。

「ちょっと、ごめんなさい……」

殺伐《さつばつ》とした刑場に似合わぬほのぼのとした声。

「どいてもらえますか、失礼します」

優しく丁寧な口調。

「ごめんなさい。どいてくださいね」

僕の真正面に殺到していた人垣が割れ、その隙間から若い女性がひょっこりと顔を出す。

白と黒、モノトーンのワンピース。ウィンプルと呼ばれる同じくモノトーンのベールで髪を覆っている。胸元には大きな円紋《えんもん》のペンダント。

誰の目にも一目瞭然、修道女《シスター》だ。

人を押し分けながらの移動に疲れたのか、シスターは自らの胸に手を当て「ふぅ」とため息をつき、その後、再びこっちに向かって歩き出す。

普通であれば大騒ぎになるはずだが、不思議と誰からも文句の言葉は出ない。

むしろ刑場は嘘のように静まり返っている。

単に修道女姿の女性に罵声《ばせい》を浴びせることを遠慮したのではない。

なぜか惹きつけられているのだ。

突如、現れたシスター、その不思議な存在感に魅了され、観衆たちは彼女が次になにをするのか、固唾《かたず》を呑んで見守っている。

自らに注がれる無数の視線を気にかけることなく、シスターが次に起こした行動は——。

「よいしょっ！」

彼女はたらいの中に転がっていた首に手を伸ばすと、大事そうに両手で抱え上げた。

「うっ……、重いですね」

予想外に重かったのか、二、三歩よろめく。

胴体と切り離されて、戻る先を失った血液が瞬く間にシスターの豊満な胸を赤黒く染める。

「お前、なにをしている⁉」

ようやく衛兵がシスターに声をかける。

それに対してにっこりと微笑むシスター。

「なにって？　このままにしておけないでしょう。わたくしの大切な同志の首を」

……⁉　今、同志と言ったのか。

この生首、いや処刑された魔女を同志と――。

「き、き、き、貴様っ！　魔女か！」

執行官も言葉の意味を理解したようで、爆《は》ぜるように叫ぶ。

「お世話になっております。わたくしアルローン派のシスター・ソフィアと申します」

優雅に一礼してみせる血まみれのシスター。

「ソフィア……邪眼《じゃがん》の魔女、シスター・ソフィアか！　衛兵！　邪教徒の襲撃だ」

執行官が叫ぶと、観衆の整理のために派遣されていた正教会所属の衛兵たちが慌ててシスターに向かって駆け出す。

殺到する兵士たち。

最も近くにいた衛兵はすでにシスター・ソフィアと名乗った修道女の目の前。即座に飛びかかると、シスター・ソフィアの修道服の袖をがっしりと摑《つか》む。

衛兵はシスター・ソフィアよりも二回りは大きく、見るからに屈強。振りほどくことすら困難に感じたが……。

シスター・ソフィアは抵抗しようとすらしない。袖を摑《つか》んだ衛兵を平然と見つめている。

そう、ただ見つめるだけ。

「あ……」

突如、恍惚《こうこつ》の表情を浮かべ、衛兵が動きを止めた。

シスター・ソフィアの腕を摑んだまま、ただぽかんと口を半開きにしている。

なにか技を使ったのか!?

「手を離していただけます?」

シスター・ソフィアの問いかけにも衛兵はまったく反応しない。ただ棒立ちで修道服の袖を摑み続けるだけ。

「あの、手を離して……」

「よいしょおおおっ！」

衛兵の代わりに、シスター・ソフィアの願いを聞き届けたのは突如として現れた人影だった。

真っ黒なローブで全身を覆った人物が猛然とこちらに向かってダッシュしてきたかと思うと、跳躍しながら剣を抜き、シスターを摑んでいた衛兵の腕へと躊躇《ちゆうちよ》なく振り下ろす。

「ぐああああっ！」

一刀両断。肘から切断され、勢いよく回転しながら吹き飛ぶ衛兵の腕。

「あんま気安くシスターに触んなよなー」

目深《まぶか》に被ったフードから覗《のぞ》く若い女の顔。色素の薄い白い肌、整った顔立ち。それに似合わぬどこか弛緩《しかん》した口元。

「首尾はどうですか?」

シスター・ソフィアがローブの剣士に尋ねる。

「問題なし。ってか、みんな、もう準備できてるよー」

その言葉がまるで合図であったかのように、観客の隙間から次々と飛び出す漆黒《しっこく》の人影。全員が最初に現れた剣士と同じ格好だ。黒ずくめのローブで身を隠し、目深に被ったフードで顔を隠している。

「魔女だ！　邪教徒の襲撃だ」

首枷《くびかせ》のせいで振り返ることはできないが、後方からも衛兵の叫び声が上がる。

観衆はすでにパニック状態。

前後左右ばらばらに逃げようとしてお互いがお互いの進路を阻んでいる。

「衛兵、集合急げ！　お前、オーク隊を呼べ！」

僕に刑を告げた執行官が声を張り上げる。

「あー、それ無理かもねー」

ローブの剣士が応えると同時に、群衆の後方で火柱が上がる。

どうやらほかの魔女がオーク部隊を管理していた檻に火を放ったようだ。

「なにっ！」

「あららー、オークの檻、燃えちゃってるねー」

竜巻のように渦を巻きながら立ち上がる火柱。周囲にあるものを吸い込みながらさらに巨大な火柱へと成長する。あれは通常の炎ではない。おそらくなにかしらの能力によるものだろう。

その光景を呆然と見つめていた執行官がようやく我に返る。

「なっ……、なにをしている、早く魔女どもを排除しないか！」

金切り声で叫ぶ執行官。僕を処刑しようとしていた時の取り澄ました口調はもはや微塵も感じられない。

「執行官殿をお守りしろ！」

後方で聞こえるガチャガチャと鎧が触れ合う音。

執行官の声に反応して、衛兵たちが集まってきているようだ。

「うらああっ、全員潰《つぶ》してやるううう！」

僕の視界を右端からローブの剣士が飛び去っていく。

「この魔女があああ！」

直後、鎧の音がした方向から男の罵声《ばせい》が上がる。

至近距離で戦闘が行われているようだが、これもまた僕には見えない。

「早くしてよ、シスター、どんどん来てるよー、あんまり時間はないかんねー！」

「ええ、わかってますから」

緊張感のない声に続いて、断頭台に固定されている僕の視界に、シスター・ソフィアの顔が飛び込む。

息づかいまで聞こえる距離。しゃがみこんで僕の顔を見つめているのだ。

僕の視界いっぱいに広がる微笑み。

それは刑場にまったく不似合いなほど美しく澄んでいる。

「シオンさん、迎えに来ました」

「え、あの……」

迎えに……？　何の話だ？　僕になんの用が？

僕をまっすぐに見つめるシスター・ソフィアの大きな目。

いつの間にか僕はその目に釘づけになっていた。なんとも不思議な目だ。

一つの目の中に重なるように輝く三つの瞳。その瞳はルビーのように赤く輝いている。

「なにをやっているのです？　シオンさん」

滑らかに動く薄紅色の唇。

「なにを……って」

なにもできない。捕まっているのだから。

「あなたほどの力の持ち主がなぜ捕まったままなのです？　このままでは本当に処刑されてしまいますよ」

シスター・ソフィアがくすくすと笑う。

「僕の力？　精霊糸《せいれいし》は低ランクのスキルで、力なんてなにも」

「ねえ、シオンさん、それは本当ですか？」

「え……？」

シスター・ソフィアがさらに顔を近づける。鼻と鼻がふれあいそうな距離。

大きなシスター・ソフィアの目、その中心で重なり合う三つの紅い瞳が怪しく輝く。

まるで三つの小さな太陽が輝いているようだ。

「気づいてないのですか？　シオンさん」

「気づいてない……？」

自分の鼓動が聞こえる。ドクン、ドクンといつもよりはるかに早いペースで心臓が血液を身体《からだ》に送る……。

――あなたは

「僕は……ただの低――」

類《たぐ》い稀《まれ》なる才能の持ち主――

そして、わたくしの切り札

……！　今のはなんだ⁉

僕は意識を失っていたのか⁉

眠っていた？　幻？　夢を見ていたのか？

「違います。あなたは今から目覚めるのです」

目覚める？

「はい。では、失礼して目覚めのキスを」

そう言うと、シスター・ソフィアは腰を落とし、拘束されたままの僕の頬にそっと触れ、

――僕の唇に口づけをした。

唇に伝わる柔らかな唇の感触とかすかな肌の温もり。

「……！　んっ⁉」

口づけしたまま、シスター・ソフィアの目がかすかに微笑む。

不思議なことにシスター・ソフィアは口づけしながら目を閉じていないのだ。

残っていた左手も添え、両手で僕の頬を撫《な》でるように触れながら、さらに口づけを続けるシスター・ソフィア。

どういうわけか僕もシスター・ソフィアから目が離せなくなっていた。

――いいから、そのまま。

口づけをしたまま話せるはずもないのだが、シスター・ソフィアからそう言われたような気がする。

まっすぐに僕を見つめる、三重の紅い瞳。

笑っているような、怒っているような、悲しんでいるような。三つの感情が入り交じったような不思議な瞳。

ゆっくりとシスター・ソフィアの唇が離れていく。

優しく、少し艶《なま》めかしい口づけだったが、その衝撃は雷のように僕の全身を貫いた。

頭はぼーっとしているのに、心臓はバクバクいっている。

当然だ。処刑寸前、突如現れたシスターとの人生はじめてのキス。

冷静でいられるはずもない。

「あ、あのっ……!? い、いったいなにを……?」

「イヤでしたか?」

僕の目の前でシスター・ソフィアの小ぶりな唇が滑らかに動く。

「イヤとかそういうことじゃなく……、どうして急に……キスを？」

シスター・ソフィアはその問いに答える代わりに妖しく微笑む。

「さあ、目覚めの時です」

「だから、ずっと目は覚めて――」

――ドクン！

激しく鼓動を打っていた僕の心臓がさらに大きく高鳴る。

と、同時に、脳裏に弾けるようにひとつの記憶が広がる。

視界すべてを覆うように燃える紅い炎、強烈な熱風。柱に括《くく》りつけられながら焼かれる人間。それを見てただ立ち尽くす少女。少女の顔からは表情が消えている。

そのすべてがいびつに歪んでいる。

――鮮烈な記憶。

しかし、僕はその光景を見たことがなかった。

はじめて見る記憶。はじめて感じる思い出。

――熱い……身体《からだ》が熱い。

「なんだ……これは……」

腹の底からこみ上げる強い感情。怒り、興奮、悲しみ、破壊衝動、そのようなものがごちゃ交ぜになった熱の塊《かたまり》のような想いが僕の身体を焼く。

その熱が集約され、右腕へと集まっていく。

右腕が……燃えるようだ……。

僕の右腕をさすりながらシスター・ソフィアが耳元でささやく。

「シオンさん、遠慮はいりません。全部、出していいんですよ？」

「うおおおおおおおおおおおおおおおっ！」

僕は右こぶしを握りしめ、枷で拘束されたまま右腕を全力で突き出す。

その瞬間、右肘から先に鈍い重い痛みが走る！

――ジュルリッ！

「あらっ」

気がつくと僕の右肘から先が消え、代わりに太く長い大蛇のような物体がうねうねとくねっていた。

それはまさに触手という表現がふさわしい物体だった。

僕の右腕と同等の太さ、長さはおそらく僕の身長を超えている。

先端が少し丸みをおびていて、その先端からぬらぬらとした粘液がしたたり落ちている。

動かせるか？

僕は自らの腕同様に右肘から先のそいつに力を込める。

ぬあ――――んっ。

大きなスウィングで触手の先端が旋回する。

動く！　おおざっぱな動きではあるが精霊糸《せいれいし》と同じ要領で動かせる。

それなら――。

「よくも、こんなもので拘束しやがって！」

僕は自らを拘束する首枷《くびかせ》に触手をねじ込む。

ビキィッ！

ドワーフ族にも対応した分厚い首枷が簡単に引き裂かれる。

補強のための鉄板も飴《あめ》のようにぐにゃりと曲がっている。

「こんなところで殺されてたまるかよ！」

自分でも驚くほどの大声、荒い言葉。身体《からだ》の中で燃え盛る感情を抑えきれないのだ。

ガキッ！

続いて僕と処刑場をつなぐ鎖を触手で引きちぎる。

これで身体が自由になった。

「な、なんだ……その忌まわしい姿は」

その声には聞き覚えがあった。

僕を処刑しようとしていた執行官。首枷のせいで姿をちゃんと見るのはこれがはじめてだ。

黒髪の女性、年齢は二十代後半くらいだろうか。神職であることを示す、白衣の上に銀のプレートメイル。プレートメイルの中央には女神アスタルテが好むといわれる葡萄《ぶどう》の果実を象《かたど》った装飾が施されている。

声の印象どおり、整ってはいるが淡白で冷たそうな顔立ち。しかし、その顔はいまや恐怖によって大きくゆがめられている。

「へー、そんな顔してたのかよ」

僕が一歩進み出ると、それに合わせて後ずさりする執行官。

「逃げてください！」

すぐに衛兵の一人が僕と執行官の間に割って入る。

執行官と違いシンプルなプレートメイルを身につけた大柄な男。衛兵はすでに長剣を抜き、僕へと切っ先を定めている。

もはや僕を取り押さえようとはしていない、即座に斬り捨てるつもりだ。

いいだろう。やってみろ！

自分でも驚くほどに心が昂《たかぶ》っている。

剣を向けられてもまったく怖くない。

興奮と破壊衝動が恐怖心を完全に塗りつぶしているのだ。むしろ今は戦いが楽しみですらある。

僕の昂りに呼応するように、うねり、躍る触手。

ズリュッ、ズリュリ、ヌラリ、ヌラリ。

「ぬらあああっ！」

パンチを放つ感覚で、勢いよく触手を突き出す。

触手による突きは拳《こぶし》とは比べ物にならないほど、速く、強く、雄々しい。

――ドゴッ！

低い金属音を立てて、プレートメイルの中央がぼこりと大きく凹む。

「ぐはあっ」

よろめく衛兵、逃げようとよろよろと僕から背を向ける。

しかし、触手は動きを止めない。低く地を這《は》うように進むと、そこから一気に角度を変え、衛兵の臀部《でんぶ》へとその先端を突き立てる！

「ぐあああああっ！」

勢いで少しの間、宙を舞い、地面に叩きつけられる衛兵。

「すばらしい。さすがはわたくしたちの希望となる人。でも、まだまだこんなものではないはずです」

シスター・ソフィアが僕に向かってにっこりと微笑みかける。

「さあ、次が来ますよ」

どこか楽しそうなシスター・ソフィア。

その言葉のとおり、衛兵たちが僕の元へと殺到している。

……ヤってやる！

僕の心の猛りもまだまだ治まってはいない。

むしろこの触手の力をもっともっと試してみたい。

これはどうだ！

触手を地面と水平に振り、最も前方の衛兵を薙《な》ぎ払《はら》う。

「ぐはっ！」

水切り遊びの石のように地面を弾む衛兵。

「くそっ！」

別の衛兵が長剣を振り下ろす。それを触手で防ぎ、そのまま触手の先端で顔面を突く。

すごい……。長剣を直接受けてまったく痛みはない。

ぬるぬるとした触手が大蛇のようにうねり、衛兵たちを瞬く間に射ち伏せる。

強く、速く、そして強靭――。

「うわあああっ！」

恐れをなしてひとりの衛兵が逃げ出していく。

「これがシオンさんの力です」

「これが僕の……」

……すごくイヤだ！

強く、速く、そして強靭、だとしても、ヌルヌルかつそこかしこに突起があり、かつ先っちょがちょっと膨らんだ触手を召喚するスキル、ものすごくイヤだ！

「どうして悲しい顔をしているのです？」

僕の顔をのぞき込んで不思議そうにしているシスター。

「……いえ、べ、別に」

「さあ、脱出しますよ。キリがありませんからね」

そうだ。今は逃げることを考えないと。

教会の公開処刑から逃げ出す。簡単なことではない。

「シスター、あたしは先にバックレるからな！　竜兵来てるぞ！」

先ほどの剣を使う魔女がすれ違いざまにそれだけ叫ぶと群衆の中へと消えていく。

——竜兵。

竜騎士とワイバーンのユニットの通称。ある程度の規模の街であれば数体の竜兵が治安維持のために配備されている。

地形、状況を選ばず柔軟に対応できる高い機動性を誇る即応型戦力だ。

この触手、どれほどの力を秘めているのか見当もつかない。しかし、さすがにワイバーンとはやり合いたくない。

僕も走りだそうとするが、――遅かった。

ギャアアアアッ！

空気を引き裂くようないななき。

その方向を見上げると、大きな翼を広げたワイバーンの姿。

「汚らわしい魔女め！　これでもう終わりだ！　地獄で罪を償え！」

執行官が俄然《がぜん》やる気を取り戻している。

護衛の衛兵が倒された時は顔面蒼白だったくせに……。

僕を処刑しようとしていた張本人……一発食らわせてやりたいが、そんな暇はない。

ワイバーンは再び大きくいななくと一気に急降下を開始する。

空を滑るように高速で接近するワイバーン。このまま僕たちを跳ね飛ばすつもりだ。ワイバーンの体軀《たいく》は馬の数倍、体当たりを受ければ、おそらく死ぬ。

早く逃げないと……。

どこか身を隠せるところは？

「その必要はありません」

シスター・ソフィアは僕の背中にそっと触れる。

「竜兵などシオンさんの敵ではありません」

僕に向かってにっこりと微笑みかけるシスター。

シスター・ソフィアはワイバーンに向かって自ら一歩進み出る。

まったくの丸腰。恐れを知らないのか、身構えすらしない。無防備に自らの身体《からだ》をさらす。

完全に信じ切っているのだ。

僕の触手があのワイバーンよりも強いと。

その信念に自分の命を懸けられるほどに。

それなら……ヤってやろうじゃねぇか！

再び感じる血のたぎり。怒り、闘争心、興奮。時間経過で少し治まっていた熱い感情に再点火する。

「まだだ……」

十分に引きつけないといけない……。僕はコイツの攻撃範囲を知らない。攻撃が当たらなかったら終わりだ。

視界いっぱいに広がるワイバーンの姿。巨大な翼が巻き起こす風圧でシスター・ソフィアの修道服が千切れそうなほどはためいている。

「いけっ！」

僕は十分に引きつけ、触手を全力で突き出す。

シスター・ソフィアの頬をかすめ、まっすぐに伸びる触手。飛び散った粘液がシスター・ソフィアの頬を濡らす。

そのまま触手はワイバーンの頭部へと突き立てられる。

ドガッ！

触手の付け根である右肘に強い衝撃。

反動で僕の身体が後方に大きくズレる。

しかし、その衝撃はワイバーンのほうがはるかに大きかったようで、
大きく開かれたワイバーンの口内に突き刺さる僕の触手。

喉奥までずっぽりと挿入される。

フェラァアアアアアッ！

ワイバーンが悲鳴をあげ、そのまま騎乗していた兵士を踏み潰《つぶ》すように転倒。

びくっ、びくっと二度痙攣《けいれん》したのち、動かなくなる。

「お見事です。やはり竜兵などシオンさんの敵ではありませんでしたね」

「ど、どうも」

もし僕が触手の操作を誤ればシスター・ソフィアもワイバーンに跳ね飛ばされ、全身の骨をくだかれたはず。にもかかわらず彼女は安堵《あんど》の表情すら見せることなく、平然としている。

「では、仕上げといきましょうか」

シスター・ソフィアの紅い重瞳《じゅうどう》はすでにワイバーンから離れ、執行官を捉えている。

「ば、馬鹿な……」

執行官は顔面蒼白。ワイバーンと僕を交互に見て、なにごとか言おうと口をパクパクさせているが、言葉がついてこないようだ。

もちろん、言葉が出たとしても、いまさら話をする気はさらさらないが……。

ここから先は蹂躙《じゅうりん》だ！

——ぬるんっ！

僕の感情に反応して、触手が執行官に襲いかかると、獲物を捕らえる大蛇のように、素早く、そして力強く、その身体《からだ》に巻きつき、拘束する。

ミシッ！

プレートメイルの留め金が締めつけの圧力に負けてはじけ飛ぶ。

身体から離れ落下するプレートメイル。

甲冑《かっちゅう》をはぎ取られ、神衣と呼ばれる薄手の白のワンピース姿となる執行官。

その身体を嘗《な》め回《まわ》すように触手が這《は》いずり回る。

「や、やめろ……」

触手は身体をらせん状に回り、その先端は神官の両手を拘束し吊り上げる。

頬を紅潮させ、苦しそうな吐息交じりの声をあげる執行官。

触手の粘液が神衣を濡らす。

布がぴたりと張りつき身体のフォルムが露《あら》わになる。

豊かな胸。

張りのある臀部《でんぶ》。

しなやかな太もも。

鍛えられた四肢のシルエットが明らかになる。神に仕える女騎士なら、これだけでもありえないほどの恥辱《ちじょく》。

「自分が神の側にいるからなんでもできると思ったか？」

「あっ……」

僕の怒りに反応して勝手に触手が執行官の身体を締め上げる。

「神託なら誰も反抗しないと思ったか！」

と同時に白の貫頭衣《かんとうい》が崩れるようにちぎれ落ちる。

臀部から胸元へ。触手が這いまわった部分がらせん状に溶け落ちている。

どうやら触手の粘液には酸が含まれていて、繊維を溶かす効果があるようだ。が、人間の肌には影響はないようで、執行官の肌は艶やかなまま……。かなり都合のいい塩梅《あんばい》の酸が出ているようだ。

「くっ、なんという……屈辱……」

触手に両腕を拘束され、吊るされた執行官。

貫頭衣がらせん状に溶け落ち、残った布地は執行官の身体を覆うには、まったくもって面積が不足している。

なんとか胸は隠せているが臀部《でんぶ》から足先まではほぼ丸裸。

むしろ巻きついた触手によって大切な部分が隠されている状態だ。

ぬるっ！　ぬる、ぬる、ぬるっぬるっ！

粘液を使って滑るように身体《からだ》を這《は》いまわる触手。

手首を拘束し吊り上げていた触手の先端が、そのまま背中をつたい、執行官の身体を縦に一周。力づくで開かせた太ももと太ももの間にぴたりと狙いを定め、ピタリと停止する。

まだ触手を自在に操れるわけではなく、半ば自動的に触手が動いてこの形になったのだが、この体勢の意味は直感的に理解できる。

――これは決着のポーズ！

剣であれば、喉元に切っ先を突きつけた状態。いわば、それの触手版。

「ば、ばかっ、や、やめろっ」

顔面蒼白だった執行官の頬は紅潮し、声は吐息交じりになる。

「こ、これ以上は……頼む……嫁に、行けん……」

――このままひと突きしてやろうか……。

僕の心のたぎりはまだ治まっていない。

突き上げる暴力への衝動。

僕の怒りに呼応として触手の先端が一回り大きく膨らむ。

「シオンさん、そこまでです」

肩に優しく触れる手。その感触で僕は我に返る。

「今日はここまでにしましょう。せっかく身につけた力です。ここで殺してしまったら、観客たちにどう映るでしょうか?」

我に返った僕はようやく周囲の状況が目に入る。

パニックになり右往左往する観衆、大半はすでに逃げ去っている。

残っているのは逃げるに逃げられない街の住民たち。野菜を売る露天商。行商人。パン屋。そして執行官も。それぞれおびえた目で僕を見ている。

僕の気持ちが萎えると同時に触手が縮み始める。

大蛇のようだった触手が風船から空気が抜けるように縮み、本来の腕のサイズへと戻ると、形状も右腕へと戻る。

「逃げますよ！」

シスター・ソフィアはそう言うと、楽しそうに踵《きびす》を返し駆け出す。

子供が鬼ごっこをはじめたかのような無邪気な笑顔で。

「さあ、急いで」

シスター・ソフィアが戻ったばかりの僕の右手を引くと、そのまま走り出す。

――あの目だ。

僕はシスター・ソフィアの瞳に引き寄せられるかのようにその後を追って走り出す。

夕日のように輝き、鮮血のように怪しく美しく輝く瞳。

僕はこの不思議な瞳に導かれ、新しい運命への一歩をいつの間にか踏み出していたのだった。

◆

「アナスタシアさま、こちらです」

執行官シルケ・バエルは引き裂かれた首枷《くびかせ》の前で膝をつき、深々と首を垂れる。

シルケは触手によって蹂躙《じゅうりん》され、ぼろぼろになった衣服を着替え、破壊された自分専用のプレートメイルの代わりに、衛兵用の汎用メイルを身にまとっている。

西方審問《せいほうしんもん》騎士団団長、アナスタシア・スターリア。

騎士であり、同時に聖職者である聖騎士《パラディン》。恩寵《ギフト》を持つ選ばれし者だけがなれるエリート集団。中でも審問騎士団は魔女討伐のエキスパートだ。

アナスタシアは若くして四大騎士団の一つを束ねており、その有能さと敬虔《けいけん》な信仰心、そして、その冷徹さは教会に仕える者の中では有名であった。

「ほう……おもしろいな。これを簡単に?」

アナスタシアはそのねじ切れた首枷の留め金の断片をつまみ上げる。

「は、はい。いともたやすく……」

シルケはさらに深く頭を下げ、平身低頭する。

アナスタシアへの敬意からだけではない。

今はこちらの顔色を見られたくない。

自分が醜態《しゅうたい》をさらしたことをほんの少しでも悟られたくないのだ。

「そんなに恐縮するな。顔を上げろ」

アナスタシアの声は鋭利な刃のような鋭さがあった。

「は、はい……」

声の刃を突き立てられ、シルケは顔を上げる。

アナスタシアは端的に言って美しい女性だった。

ウェーブのかかった豊かな銀髪。青い目。透き通るような白い肌、残酷な笑みをたたえる、切れ長の目。

ボロを着ていたとしても間違いなく高貴な出身とわかる気品。

当然、粗末な服など着ていない。美しい装飾が施された美術品のようなプレートメイルに身を包んでいる。そして常に後方に控えている従者がふたり。従者の装備ですら豪華だ。

「一撃か？」

「は、はい？」

「ワイバーンだ。ワイバーンも一撃で倒したのか？」

「は、は、はい。もう、あっという間でした」

「状況は？」

「あの……、あれが……あまりに汚らわしいものでしたので、それほど詳細には……」

シルケは頭を上げろと言われたときよりもさらに深く頭を下げる。

「その後、魔獣憑《つ》きはお前を襲ったのだな？」

「は、あの……隙《すき》をつかれてしまい……。し、しかし、次は必ず……」

「………そうか」

シルケを冷たく見下ろすアナスタシア。

それ以上、言葉を交わすことなく踵《きびす》を返しワイバーンの死骸の前へと移動する。

ワイバーンは大きく口を開いたまま絶命している。触手の一撃によって上顎と下顎が引き裂かれる寸前。損傷は上顎を貫通し頭部まで到達している。

「おい」

「はっ！」

アナスタシアの呼び声に反応してすぐに従者が駆け寄る。

「頭を持ち上げろ」

「はいっ！」

従者は二人がかりでワイバーンの頭部を持ち上げアナスタシアに向かってかざす。

「出ろ、亜天使」

アナスタシアの細い指先からキラキラ光る小さな羽虫が出現する。

五指から糸のように流れる羽虫の流れ。

それがワイバーンの頭を包み込む。

亜天使と呼ばれた羽虫がワイバーンの頭部の肉を削り取っていく。

みるみるうちに骨だけになるワイバーンの頭部。

「いかがですか？」

頭骨を抱えたまま従者が尋ねる。

「必要な分は食わせた。これで範囲に入れば察知できる」

「お見事です」

従者に労いの言葉をかけることなくアナスタシアは踵を返し、歩き始める。

「よく手を洗っておけ、臭くてかなわん」

「はっ」

「それから勇者エルヴィスに連絡を取れ。依頼があると」

「直ちに」

「あと、あいつを処分しておけ。女神アスタルテに仕えるものとしては汚れている」

「はっ、それも直ちに」

ふたりの従者はすぐにシルケの元へと駆け寄り、両脇を固める。

「手洗いはあいつの首をはねてからにしろよ」

シルケは口をあけ、なにか言おうとするが言葉が出てこない。

驚きと恐怖、戸惑いで口をぱくぱくと動かすのがやっと。

いまやシルケの命は魔女たちの襲撃よりもはるかに危険な状況に置かれている。全力でもがき、拘束を振り払おうとするが、従者はさらに強い力でシルケを押さえつける。

「そ、そんな！　どうかお慈悲を！　……どうか、どうか！」

憐れみを請うシルケ。

しかしアナスタシアの興味はそこにはない。

彼女の視線が向くのは常に標的のみ。

処刑の結果をみることすらせず、その場を立ち去る。

「逃がしませんよ。ソ、フ、ィ、ア様」

# 2　酒乱と触手

処刑場のある州都ウェリンの街から少し離れた農村。

その一角にある作業小屋。そこに僕とシスター・ソフィアは身を隠していた。

ほかの魔女たちの姿はない。シスター・ソフィアの話によると全員がバラバラの方向に逃げたらしい。追っ手を撒《ま》くための常套手段だそうだ。

「安心してください。ここは我々の仲間のお屋敷です」

にっこりと微笑むシスター・ソフィア。

シスター・ソフィアが言うところの、我々の仲間。ということは世間的には邪教徒になるわけで、あんまり安心できる話ではないのだけれども……。

そのお仲間とは一度も顔を合わせることはなかった。

先ほどいただいた夕食も、扉の前に置かれて、ノックをされただけ。

それでも出された料理の心づくしから、僕たちを歓迎していることは感じられる。

「最初に処刑された魔女の方は残念でした。ですが、あそこで助けに入っていたら、計画は台無しになってしまいますから……。せめて順番がシオンさんの後であれば助けられたかもしれないのに……」

シスター・ソフィアは胸の前で円紋《えんもん》を切り、彼女の冥福を祈る。

「あの……それで……僕をどうするつもりですか？」

「ふふふ、さて、どうされたいのですか？」

シスター・ソフィアが僕に顔を近づけ、いたずらっぽく囁《ささや》く。

処刑の寸前、まさに無我夢中の状態でシスター・ソフィアと共に逃げ出したわけだが、僕にも邪教アルローン派のことも魔女のことも世間一般並みの知識はある。

――女神の教えに従わず、姦淫《かんいん》にふけり、人心を惑わし、正教会にたてつく者。

邪教徒とはこの世界の治安を乱す悪魔のような存在と見なされている。

助けてもらった恩義は感じているが、それでもまだ人並みの警戒心は残っている。

「わたくしたちの教会に行きませんか？　魔女たちを紹介します」

「……！」

「もちろんシオンさんが望むならば、です。そうでなければ、明日の朝、ここでお別れにしましょう」

そう言われて断れるわけもない……。

ここで置いていかれても、逃げる先もまったく心当たりはないし、頼れる人間もいない。

おそらく、シスター・ソフィアもそれをわかっているはず……。

――迎えに来ました、シオンさん。

彼女は処刑場で僕にそう言った。どうやらこの触手の力を邪教の活動に利用したいようだが……。

が、それ以上のことはシスター・ソフィアの表情からはまったく読み取ることはできない。

「いずれにせよ明日は早くに出立します。そろそろ休ませていただきますね」

シスター・ソフィアはそう言うと、頭を覆っていたウィンプルと呼ばれるベールを外す。

露《あら》わになる頭髪。腰まで届くほどの長く艶やかな金髪だ。

「あまりジロジロ見ないでください。一応わたくしはシスターなんですから」

シスター・ソフィアは少し恥じらうように笑うと、用意されていた藁《わら》のベッドにもぐりこむ。

「おやすみなさい、シオンさん、また明日」

しばらくすると、かすかに寝息が聞こえてくる。本当に眠ってしまったようだ。

男性とふたりきりなのにまったく無警戒で……。

もちろん、シスターに手を出すなど大罪、正教会の規範であれば、今度こそ死罪にされてもおかしくはないのだが……。相手は邪教のシスター。そもそも規範からは外れた存在。

僕の脳裏に蘇る口づけの感触。

柔らかく、それでいて絡みつくような、蠱惑《こわくてき》的な温もりと肌触り。

と同時に身体《からだ》の奥からムクムクと頭をもたげる衝動。これまでの極端に女性と縁のなかった暮らしとの落差もあり、自制の効きが悪くなっている。

……落ち着け！

一度大きく深呼吸して自分の寝床へと潜り込む。

藁《わら》の上に厚手のブランケットをかけただけの簡易的なベッド。それでも横になった瞬間、もたげていた衝動は一気に収まり、代わりに強烈な眠気に襲われる。

ようやく緊張から精神と身体《からだ》が解放されたのだ。

今朝、家を出た時点では、今日がこんな日になるとは夢にも思ってもいなかった。

規定どおりに星見《ほしみ》の儀《ぎ》を受ける、それだけの一日のはずだったのだ。

星見の儀は予備審査により可能性ありと判断された十歳から二十歳までの男女が教会に呼び出され、神儀官《しんぎかん》と呼ばれる専門の神官により、恩寵《ギフト》の有無を見定められる儀式である。

恩寵《ギフト》がある場合はそれが社会にとってどの程度有益であるかによって、カテゴリ分けされる。

極めて有用な恩寵《ギフト》の所有者と認定されれば、カテゴリ1にランク分けされ、教会、国の中枢で働くことができ、出世が約束される。まさにサクセスストーリー。が、そんなことはめったに起こらない。そこから、カテゴリ2、カテゴリ3とランクは下がっていき、それぞれふさわしい働き先のあっせんを受ける。

僕の恩寵《ギフト》は精霊糸《せいれいし》。カテゴリ4で、皮革製品の製作などに向く低ランクのよくある恩寵《ギフト》のはずだったのに……。

まさか女神ではなく悪魔から与えられた力、夷能力《バグ》の持ち主だと判定されるとは……。

なぜだ？　……どこで間違った？

眠る寸前のぼんやりとした頭の中で、僕はぼんやりと星見の儀のことを思い出す。


中央教会の威容に満ちた大きな門をくぐった朝。

あのときは星見の儀をただの面倒な用事としか考えていなかった……。

なぜなら、女神アスタルテからの恩寵《ギフト》が発現するのは予備審査を通った者の中からでも数十人にひとりほど。

しかもほとんどはカテゴリ3、もしくは4。自分の人生を一変させるようなカテゴリ1、2クラスの恩寵《ギフト》が発現する人間は千人に一人くらいの確率。

変に期待するとあとで無駄にがっかりすることになる。

親は別室に待機させられ、中央教会の礼拝堂には受儀者だけが集められる。

「なんでもいいから、恩寵《ギフト》の可能性あるといいな」

「恩寵《ギフト》がなくてもいいから、大聖女ルシアさまが見たいよ。来てくれないかな？」

「ルシアさまは聖女の大聖堂からめったに出ないんでしょ。こんなとこまで来ないって」

知り合い同士で来た者は小声で雑談をしていた。

各教区の年の近い人間が集められるのだ。友人同士で集まっている集団も多い。

自分にすごい恩寵《ギフト》があったらどうするか？　もし、自分に恩寵《ギフト》があって聖騎士《パラディン》になれたら、お前を従者として雇ってやろうだの、偉くなったら結婚してやってもいい、など軽口を叩き、笑いあっている。

残念ながら、僕は独り。

幼いころに両親を失った僕は祖父の妹夫婦に預けられた。やがて、その祖父の妹も亡くなってしまい、僕は血の繋《つな》がらないおじいさんと農場で生活することになった。

高齢のおじいさんと僕のふたりきりの暮らし、当然、労働は僕に集中する。

日々の仕事をこなすのに精一杯で友達などできる暇もなかった。連れ立って教会を訪れる知り合いなどいるはずがない。

――ガラン、ガラーン、ガラーン……。

鐘楼の鐘が鳴り、僕を現実へと引き戻す。鐘の数は女神から与えられた苦悩の数である七度。

星見《ほしみ》の儀《ぎ》、開始の合図だ。

全員が立ち膝の姿勢になり円紋《えんもん》を切り、胸に両手を当て目を閉じる。

女神アスタルテへの感謝と忠誠を示す姿勢、胸礼《きょうれい》だ。

教会で鐘が鳴れば胸礼の姿勢を取る。この国では幼子ですらできること。

ギイィと聖堂奥で扉が開く音がして、数人の足音が続く。

女神を讃《たた》える低い声と甘いお香の薫りが耳と鼻を刺激する。

「讃えよ、我らが地母神。慈悲深き女神アスタルテ」

何度も繰り返される大声明《だいしょうみょう》。神官たちの歌うような声が広い礼拝堂に反響し続ける。

「若人たちよ。神の恩寵《ギフト》を賜《たまわ》るがいい」

神儀官《しんぎかん》の声に従い、受儀者たちが立ち上がり、祭壇に向かって列を作る。僕も隣の男性に従い、その後ろに並ぶ。

前方の受儀者が祭壇の前でグラスを取ると、神儀官が赤い液体を注ぐ。

清めの果実酒、慈霊酒《じれいしゅ》だ。

杯を開けると席を譲り次の者が杯を取る。一人また一人と杯を空け、僕の番となる。

手渡される銀の杯。慈霊酒は杯の四分の一ほど、意外と量が少なく感じたが、それを一息に飲み込む。喉を焼く強いアルコールの刺激と薬のような苦み。お世辞にも美味いとはいえない。

「讃えよ、我らが地母神。慈悲深き女神アスタルテ」

礼拝堂に響き続ける女神を讃える声明。

延々と繰り返される同じフレーズ。慣れないアルコールと相まって、頭がぼおっとする。

そして、僕は……。

星見の儀の途中で眠ってしまったのだった。

◆

シスター・ソフィアと共に農村の作業小屋を発って二日後。星見《ほしみ》の儀《ぎ》が開催された中央都市ウェリンから西南の方角に位置するクロイスブルグの街へと入る。

クロイスブルグは広大な穀倉地帯の中心に位置する農産物の集積地を端とする市街地。

その市街地から離れた町はずれの小さな農村。

「ようこそ、シオンさん」

僕がシスターに案内されたのは、その農村のさらに外れにある廃教会だった。

びっしりと蔦《つた》で覆われた教会——であった建物。

外壁も一部崩れており、シスターに案内されなければ、ただの廃墟としか思えなかった。

割れた窓から侵入した蔦は聖堂内部の壁も這《は》い回り、石畳の床は隙間から雑草が茂い、懺悔《ざんげ》室は朽ち果て、扉が落ちかけている。

「さあ、こちらに」

シスター・ソフィアに先導され、聖堂正面の祭壇へと向かう。祭壇を彩る女神アスタルテのレリーフ。すでに半分ほどが崩れ、瓦礫《がれき》として床を乱雑に飾っている。

シスター・ソフィアに従い、そのレリーフの裏へと回ると……。

そこには地下へと続く階段があった。

「足元に気をつけてくださいね」

階段を下った先、そこにはもう一つの聖堂があった。

窓ひとつない地下の聖堂。

昼でも陽の光はまったく入らず、その代わりに壁にずらりと並べられた紅鱗蠟《こうりんろう》の蠟燭が聖堂内を赤く照らしている。

入り口から祭壇へと続く通路。その左右に並べられたベンチは地上の聖堂とまったく同じように配置されている。まるで地下と地上で同じ教会が並列しているかのようだ。

ただし、祭壇の背後を飾るレリーフを除いては。

通常の聖堂であれば祭壇のレリーフには女神アスタルテの姿が彫刻されている。アスタルテの誕生、アスタルテの降臨。モチーフはさまざまあるが、いずれにせよ、女神アスタルテの美しさと神秘性を技巧を凝らして刻み込むものだ。

しかし、この地下聖堂のレリーフに描かれていたものはまったく異なるものだった。

——怪物。

それはそのように呼ぶしかない代物だった。

植物とも動物ともとれる異様な生物。根とも脚とももとれるものをうねらせ、枝でも腕でもないものを八方に伸ばし、ウロあるいは口を大きく歪ませており、それは空に向かって咆哮《ほうこう》しているようにも見える。

そして怪物の周りには一糸まとわぬ男女の姿が刻まれている。誰もその怪物に恐怖することなく、奔放《ほんぽう》にまぐわい、快楽に身をよじらせている。中には男性とではなく、うねった根に身体《からだ》を合わせる女性の姿も……。

描き出されるグロテスクな光景。

にもかかわらず僕の目はそのレリーフにしばし釘づけになっていた。

素人目にもわかるすばらしい技巧だ。明らかに地上のレリーフよりも優れている。

不気味で、おどろおどろしく、淫靡《いんび》で美しい。

「この地下教会は上に建っていた教会よりもずっと古くからあるんですよ」

シスター・ソフィアはレリーフに向かって円紋《えんもん》を切ると、祈りを捧げる。

円紋は神に対してのみ使用する作法。つまりレリーフに描かれた怪物《これ》を崇拝しているということ。やはり邪教ということか……。

「ここは我々の本部、いわゆる魔女の教会です」

「魔女の……教会」

「はい。正教会から迫害されている魔女をかくまい、魔女の力を借りて人々を救う。それがこの教会の使命です。ですよね、みなさん?」

シスターがニコッと微笑む先。

柱の裏からぬるりと現れる黒衣の女性。フードを目深《まぶか》に被り、その奥にのぞく暗い目。

「魔女……」

「はい。この世界に存在を許されない者。悪魔に力を授けられし者。世間ではそれを魔女だと蔑《さげす》み、忌み嫌います」

シスター・ソフィアは黒ずくめの女性を誇らしげに見つめながら話を続ける。

「でも、わたくしたちにとってその意味は大きく異なります。魔女、それは女神から試練を課せられし者、人々の目を覚まし、新しい世界を作る者。自らの意思と力で未来を切り開く者。みなさん、魔女であることを誇りに思っています」

シスター・ソフィアの言葉に呼応するかのように、ひとり、またひとりと魔女が姿を現す。

蠟燭の明かりに照らされる魔女たち。

僕の周りをぐるりと魔女たちが取り囲む。

十人近くはいるだろうか……。全員が黒いローブに身を包んで、フードを目深に被っている。

「おー、よく生き残ったなー」

ひとりの魔女がフードを取り、にっと笑いかける。

その顔には見覚えがあった。処刑場で出会った女性剣士だ。

「魔女たちはわたくしの仲間であり家族です。そしてシオンさんにもぜひわたくしの家族になってほしいと考えています」

仲間……家族……、早くに両親を亡くし、友達もいない僕には魅力的な言葉だ。

しかし、それは要するにアルローン派の仲間になれということだ。

ただ仲間として庇護《ひご》するという意味ではないだろう。わざわざ僕を救出してくれたのだ、僕に求めるモノがあると考えるのが自然だ。

僕の右手を握っていたシスター・ソフィアの手に少し力がこもる。

「シオンさんには魔女の一員となり、我々の仕事を手伝ってもらいます」

「魔女の仕事……ですか？」

「はい。ここは魔女の教会。魔女への願い事をする者が訪れます。その願い事をかなえるお手伝いをしていただきたいのです」

シスター・ソフィアの声は心を包み込むような柔らかな響きがある。

しかし、魔女への願い事だ。普通の願い事であるはずがない。

「たのしいぜ、あたしらの仕事はよー」

魔女のひとりがカラカラと笑う。

「わたしたちはみんな、正教会に大切なものを奪われた人間。同じ思いをした人を助けて、家族を増やして、そして、いつか、アイツらを倒す」

「……仕返し……してやる」

魔女たちの呟きが闇の中へと溶けていく。

僕の視界に残っているのはシスター・ソフィアの姿。蠟燭の灯りが怪しく、艶《なま》めかしく、その美貌を照らしている。

「シオンさん、あなたの力が必要なのです。この世界に満ちた腐敗と欺瞞《ぎまん》、ウソと傲慢を打ち破ってください」

「僕の力が……」

「あなたとなら、世界を変えられるはず」

この提案を受け入れるということは、すなわち、国の敵、神の敵、邪教徒として生きるということ。そう簡単に首を縦に振るわけにはいかない。

しかし、僕が生きるためにはほかに選択肢もない。

とはいえ、なかなか決心できるものではない。

そのとき、シスター・ソフィアと目が合う――。

「大丈夫。わたくしを信じてください」

シスター・ソフィアは微笑んでいた。

無垢な少女のような笑み、その中で怪しく、艶めかしく輝く紅い重瞳《じゅうどう》。

そうか。シスターとはじめて会ったあの時から、僕はこの瞳に魅入られてしまったのだ。

「……わかりました」

つり合いを失った天秤のように僕の首が縦に動く。

こうして僕はここでシスター・ソフィアと共に歩むことになったのだった。

――魔女として。

◆

こうして魔女の一員となった僕には廃教会の地下に一室が与えられた。

ベッドと小さな机があるだけの小さな部屋。元々は修道女《シスター》たちが使っていた部屋なのだろう。

精神的、体力的、両方の疲労がピークに達していた僕は泥のように眠る。

——そして翌日。

「シオンさん、もうひとりご紹介したい人がいるのです」

シスター・ソフィアに誘われ、地下の礼拝堂の傍らにある一室に通される。

そこは客を招くための部屋のようだった。

調度品はないものの、しっかりとした革張りのソファとテーブル。

「こちらにどうぞ、シオンさん」

シスター・ソフィアが僕に着席を促す。

テーブルの上には薫り高い紅茶と焼き菓子が用意されているが、この茶も菓子も僕のために用意されたのではない。

僕の目の前、ソファに先に座っている女性に対してのものだ。

「やあ、お休みのところ悪かったね。キミもどうぞ」

年齢は三十歳前後だろうか。

普段着とは思えないほどの豪華なドレス。しっかりとセットされたブロンドヘア。

そしてカップを口に運ぶ何気ないしぐさから匂いたつ気品。

すべてが明らかに高貴な階層の人間であることを示している。

「この方はクロイスブルグの領主であるウルスラ・イェーリングさまです。大変聡明かつ先進的な考えの持ち主で、正しき神の教えを理解し、我々を庇護《ひご》してくれています」

シスター・ソフィアはそう言うと、ウルスラさんに対して膝をつき、深々とお辞儀をして敬意を示す。

庇護、なるほど……。

邪教と認定されるアルローン派のシスターが活動できている理由、それがこれか。

「ふーん」

妙齢の女領主が僕の顔を覗《のぞ》き込みながらカップを傾ける。

「ふふ、キミがシスターのお気に入りか」

ウルスラさんの切れ長の目が僕を見つめる。つま先から頭の先まで撫《な》で回すようにねっとりと……。そしてその視線は右手へと移る。

「ねえ、噂のアレ、ちょっと見せてよ」

ウルスラさんの厚い唇の端に怪しい笑みが浮かんでいる。

「え、いや……その」

もちろん、アレとは右手の触手のことだ。

「シスターから聞いたよ。すごい♡　って」

「ど、どうも……」

「そうか、ただ見せてもらうっていうのもつまらないな。相手がいないと。ねえ、シスター、誰かちょうどいい魔女いない？」

相手？　ちょうどいい？

僕の脳裏に地下聖堂のレリーフが浮かぶ。

地面から突き出た怪物の根に淫らに絡みつく裸の女性たち。

もしかしたら、あの状況を再現するということも……。邪教ならばないとは言い切れない。

大丈夫か？　田舎暮らしの僕にとって、女性との会話といえば近所のおばあさんとの挨拶《あいさつ》程度、そんな僕には刺激が強すぎるのではないか？

「シオンさんのアレのお相手となると……」

「なかなか相手するのも大変そうだね。イケる子、いる？」

「そうですね……何人か」

「さすが魔女だ」

シスター・ソフィアの顔にも笑みが浮かぶ。

ウルスラさんと同じくらい怪しく、同時になんとも楽しそうな微笑み。

……これはやはりそうなのか？　僕のやましい予感は的中なのか？　いいぞ邪教！

「すみません、シオンさん、そういうことになりましたので、ご同行願えますか？　急で申し訳ありません」

「あ、ええ、も、もちろん、ぜ、ぜんぜん、大丈夫です。もう、ほんと、ぜんぜん大丈夫」

今までの人生で経験がないほど高鳴る僕の心臓。

誰だ……？　誰が僕の相手を……し、してくれるんだ!?

思考の中ですら、言葉が詰まるほどの緊張と興奮をなんとか押しとどめ、シスター・ソフィアのあとに続く。


シスター・ソフィアに同行を願われた先——。

そこは廃教会のすぐ近くにある、今は使われてない牧場の一角だった。すでに一頭の馬も牛も飼われていないのに下草はしっかりと刈られている。

要するにただの広々とした見晴らしのいい草っぱらだ。

シスター・ソフィアの後ろには魔女たちがずらりと並んでいる。

目深《まぶか》に被ったフードの奥から鋭い眼光が僕に突き刺さる……。

諸々のお相手をしていただくには場所的にちょっと解放感がありすぎるし、魔女のみなさんの雰囲気があまりフレンドリーじゃない気がするけど……。

「シオンさんの腕試しの相手は忘我の魔女ルーナさんが務めることになりました」

――腕試し⁉

相手というのは僕の腕試しの相手。つまりはどの程度戦えるか見たいということだ。

そのパターンか！

普通に考えると、基本このパターンなのだけれども！　でもここは邪教の教会だし、なにより、そうあってほしいというやましい思いが、僕を完全に勘違いさせていた。

「ねー、シオン、なんかガッカリしてっけど、だいじょーぶ？」

ルーナと紹介された魔女はあの長剣を使う剣士の魔女だった。

不思議そうに僕の顔を覗《のぞ》き込むルーナ。

昨日は暗い地下だったのではっきりとその姿が見えなかったのだが、白い肌、長い耳、そしてエメラルドグリーンの瞳。典型的なエルフ族の特徴だ。

「ルーナ・スリーバード。あたしの名前、覚えてくれたー？」

にへへとだらしなく笑うルーナ。繊細で整ったエルフ族らしい顔立ちがくしゃくしゃに崩れてしまっている。エルフ族といえばスレンダーなタイプが多い印象なのだが、ルーナは出るところがしっかりと出ている。だらしない着こなしのインナーから胸が零《こぼ》れ落ちそうなほどだ。

「にひひ」

長年の友人のように長剣に体重をかけて寄りかかり、そのまま腰の水筒に手を伸ばしゴクリと喉を鳴らすと、ぷはぁーと熱い息を吐く。

この匂い……。

もしかして酒を飲んでいるのか？

「んー、シオンがあたしたちの切り札？　あんまそう見えないけどなー」

切り札……なんの話だ？

「でもシスターが言うんだから、そうなんだろーなー」

ルーナはふにゃふにゃと笑いながら姿勢を戻すと、大儀そうに鞘《さや》から剣を抜いて、構える。

陽の光を反射して光る刃、独特の反りを持つ特徴的な剣。たしか刀というものだ。

「ねー、エルフなのに、弓じゃないって意外でしょー」

こっちはまだなにも言ってないのに勝手に話し続けるルーナ。

言われてみればたしかにエルフは弓の名手のイメージがある……、

「あのねー、弓だとねー、手が震えて、当たんないだよねー。飲むと震えが止まるけど、集中力なくなっちゃってさー」

完全に飲みすぎ！

手が震えて弓が使えないって、エルフとしてどうなんだ!?

「でもねー、剣はすごいんだかんねー、しかも、飲めば飲むほど強くなんだよねー」

すでにルーナはふらりふらりと重心が落ち着かない。

それと一緒に切っ先もふらり、ふらり。泳ぐように揺れている。

そして大きな胸もふらり、ふらりと……。

「っていうか、そっちも抜きなよ。そっちの腕試しなんだからさー」

ルーナが刀の切っ先を僕に向け、ゆらゆらと揺らす。

構えないならこのまま斬ってしまうよと言わんばかりだ。

「ルーナさん、シオンさんはまだ慣れてなくて、自分で触手の召喚ができないんです」

シスター・ソフィアが小走りで僕に歩み寄る。

「だから、わたくしがヌいてさしあげますね？」

シスター・ソフィアは両手で僕の頬を挟むように触れると、そっと自分の唇を寄せる。

――はむっ♡

下唇を包み込むような大人のキス。前回と同じくシスター・ソフィアは目を閉じることなく、じっと僕を見つめたまま。

重なり合う三つの瞳。その瞳の中に僕の姿が映し出される。

柔らかな唇の感触と同時に流れ込む、感情の濁流。

――ズルッ！

粘り気の強いサウンドと共にずしんと右腕の重みを感じる。

「おおっ♡」

ウルスラさんの歓声が聞こえる。

なんとも嬉しそうな声、手を叩いて喜んでいる……。

しかし、こっちは楽しんでいられない。

ルーナの剣術は処刑場ですでに目にしている。

訓練された複数の衛兵たちを相手に軽々とあしらっていた。

おそらく肉体強化のスキル、もしくは感覚強化。

ただ夷能力《バグ》といわれるような反社会的な要素もなかったように思えるが……。

「へへへー、あたしの夷能力《バグ》がどんなのか知りたそーだねー」

「…………」

「ねえ、シスター教えちゃっていい？」

「もちろん、シオンさんはもう我々の仲間なのですから。それにルーナさんの夷能力《バグ》は隠すものでもないでしょう？」

「だねー」

ルーナは刀から右手を離すと、腰に下げていた金属製の水筒を掴《つか》む。

そのまま水筒を口へと持っていき、勢いよく中身を喉へと注ぎ込む。

ルーナはぐびぐびとリズムよく喉を躍らせながら飲み続ける。

どんどん水筒の角度が上がり、垂直に近くなる。かなり大きめの水筒だったが、中身をほぼ飲み干してしまったようだ。

「ぷっはぁあああああっ！」

口元を袖で乱雑にぬぐうルーナ。

らんらんと輝く瞳。

ずっとへらへらとしまりのない笑みを浮かべていたルーナだったが、いまや表情に生気がみなぎっている。

「ルーナさんの夷能力《バグ》は酒精《ドランクモンキー》。特殊な配合の密造酒を一定量以上飲むことで五感を研ぎ澄まし剣術の達人になれるのです」

「にひひ、どうしてもこの強零酒《ストライクゼロ》じゃないとキマんないんだよねー」

いまや空になった腰の水筒を叩いてみせるルーナ。

なるほど……夷能力《バグ》認定されるわけだ。

この国では酒の製造は免許制。

神話に記されている果実酒と麦芽酒の製造を国の認可を受けた職人が伝統的な製法にのっとり製造することができる。怪しい発泡酒の製造と飲酒を前提とした能力など夷能力《バグ》に決まっているのだ。

「うっしゃああああああ！　いくぞっ、シオン！」

ルーナが刀を振りかぶると勢いよく僕の間合いへと飛び込んでくる。

速い！

すでにルーナは僕の目の前、突進の勢いそのままに頭上から刀を振り下ろす。

僕の危機感に反応して半ば自動的に触手が反応！

刃が額に触れる寸前、触手でそれを受け止める。

「くっ！」

右手に走る鋭い痛み。

触手に刀の刃が食い込んでいる。

が、深くはない。刃のほとんどが見えた状態で止まっている。

勢いよく触手を振り、受け止めた刀ごとルーナを弾き飛ばす。

「おお、案外、硬いな、若さ？　若さのせいなのか？」

後方からウルスラさんの嬉しそうな声が聞こえる。

とにかく触手の耐久性は相当のもの、そう簡単には切断されないようだ。

しかも、表面の粘液ができたばかりの傷を覆い、みるみる傷口がふさがっていく。

「おー、回復も早いなー。これも若さのせいか？」

ウルスラさんの声にリアクションしている暇はない。

触手に弾かれたルーナは空中で体勢を整えると、着地と同時に僕に向かって再度突進する。

「うらあああっ！」

刀を連続して打ち込む。

切り落とし、横薙ぎ、切り上げ。様々な角度から高速の連撃、僕の目では追いきれない速さ。

しかし、触手は僕の身体《からだ》を包むようにうねり、その攻撃を受け止める。

身を守らないと。

僕のその意思に反応して半ば自動で動く触手。

「いくぞ、いくぞ、いくぞ、いくぞ、いくぞ、いくぞ、いくぞ、いくぞ、いくぞ、いくぞっ！」

ルーナの動きはさらに加速。速く、そして力強くなる。

「さすがルーナ、相変わらずいい動き」

「近接戦闘はあたしたちの中でも一番だもん」

「触手くんもすごいじゃん。これなら高ランクの聖騎士《パラディン》ともいい勝負するんじゃない」

戦いを見守っている魔女たちの声が聞こえる。

当然ながらルーナ寄りの意見。

誰も僕を応援する者などいない。

「いけ、ルーナ！　まだまだこんなものじゃないでしょ！」

魔女の一人の声援を受け、ルーナの身体がさらに躍動する。

大きく飛び上がり軽やかに舞う四肢。

エルフ特有の銀に近い金髪がなびく。

エルフの気品はなく、荒々しい獅子のたてがみのように獰猛《どうもう》に。

「うっしゃあああああああ！　らあああああっ！」

強烈な打ち込み。そして、すさまじい突き。

僕の喉元に向かって容赦なく突き出される刀の切っ先、それを触手がすばやく反応して食い止める。

普段の僕であれば恐怖で逃げ出したくなるような状況。

しかし――。

なんだか腹が立ってきた。

もしあの突きが当たっていたら、少なくとも大怪我、下手をしたら死んでいる。それになんとか攻撃を防いでいるが、斬撃を触手で受ける度に右手を斬られたような痛みがある。

……いい加減にしろよ。

――ドクン！

シスター・ソフィアの口づけによって着火した炎が心の中で一気に火柱となる。

この酔っ払いエルフ……調子に乗りやがって。

「おっ、チンポくん、ヤる気になったな♡」

ウルスラさんの楽しそうな声がかすかに聞こえる。

「えっ、うそでしょ……」

ルーナの動きが止まり、僕の触手に目が釘づけになる。

「な、なにそれ……、すっごく太くなってる……」

ルーナの顔が蒼白になるほどに、触手は僕の激情に呼応して、ひと回り太くなっている。

当然、ただ太くなっただけではない。触手から全身に熱のようなものが伝わってくる。怒りと共に湧き上がる力、それが触手に充満し、張り裂けんばかりに膨張している。

要するにギンギンだ！

こいつをルーナにぶつけてやる！

「うおおおおおっ」

ルーナに向かって僕は触手を突き出す。

「ちょっとっ！　やっ、やめっ……」

ルーナは刀の両端を持ち、刀身で受け止めようとするが——、
ドッ！

触手が刀ごとルーナを弾き飛ばす。勢いよく地面を転がるルーナ。

態勢を整える暇を与えず、さらに追撃の触手を射ち込む。

力強く、たくましい触手がルーナの腹部を直撃。

「くはっ！　こんなの無理……ふと……すぎる」

息を吐きだし、悶絶《もんぜつ》するルーナ。

しかし、怒りにたぎった触手はこれくらいでは止まらない。

さらにもう一度、触手を突き出す。

ルーナがぎりぎり身をよじり、触手の先端はルーナの胸部をかすめて外れる。

「ばかーっ！　こんな太いのをっ！」

即座にルーナが反撃。刀を僕の胸に向かって突き出す。

それを触手をくねらせ跳ねのける。

「このっ、このーっ」

ルーナの手は止まらない。必死の形相で僕に向かって刀を打ち込み続ける。

「挿《そ》らっ、挿ら、挿らっ！　挿らっ！」

それを受け止め、即座に触手を射ち返す。

「このっ、このーっ！」

ルーナの斬撃を触手で反らし、すかさず射ち込む。それをルーナも身をかがめて回避。

目まぐるしく攻守を入れ替えながら、激しく打ち合う！

「挿らっ、挿ら、挿らっ！　挿らっ！　挿らっ、挿ら、挿らっ！　挿らっ！　挿らっ！　挿らっ！　挿らっ！　挿らっ！」

「くっ、ううっ」

徐々にルーナからの反撃は減少し、防御一辺倒に。

「挿《そ》ら挿ら挿ら挿ら挿ら挿ら挿ら挿ら挿ら挿ら挿ら挿ら挿ら挿ら挿ら挿ら挿ら挿ら挿ら挿ら挿ら挿ら挿ら挿ら挿ら挿ら挿ら挿ら挿らあああああっ！」

ついに僕の触手がパワーと手数で圧倒する。

粘液まみれで膝をつくルーナ。その手から刀が落ちる。

仕上げだ！

触手が刀を弾き、ルーナの身体《からだ》に巻きつき、締め上げる。

そのまま触手の先端がするするとルーナの身体を走り、下半身へと伸びる。触手はルーナの太ももを螺旋《らせん》を描くように二周し、太ももと太ももの間でぴたりと停止する。

――決着！

触手なりの寸止め。

いつでもこのまま突き上げられるぞ、というポーズ。

「勝負ありです！」

シスター・ソフィアの鋭い声。

「シオンさん、力は十分に見せていただきました。これ以上は仲間にすることではありません」

触手で拘束され吊るされるルーナの姿。

だらりと力なく揺れる足、露《あら》わになったふともとに粘液がつたう。

「あ……！」

やりすぎてしまった！

シスター・ソフィアの声でようやく我に返る。

粘液まみれ、半裸の状態で横たわり、荒い息をするルーナ。

これはマズい！

仲間との腕試しとしては誰がどう見てもやりすぎの状況。

少なくともこの後、「なかなかやるじゃないか」的な感じでお互いの実力を認め合って、仲良くなる状況ではない。

改めて周りを見渡すと、やはり魔女たちの顔が明らかに曇っている。

「あいつ……無茶苦茶じゃん」

「あんなヤツ仲間にすんの？　絶対ヤバくない？」

驚きと、仲間を蹂躙《じゅうりん》された怒りが渦巻いている。

その張り詰めた空気を治めたのはウルスラさんだった。

パチン、パチンと大げさな身振りで手を叩いてみせる。

「いやあ、素晴らしい、チンポくん、惚れたよ！」

相変わらず問題しかない愛称で僕を呼ぶ……。

「ルーナは飲めば飲むほど感覚と肉体が強化される。強零酒《ストライクゼロ》をまるまる一本開けたルーナに勝つなんてすごいじゃないか」

「ど、どうも……」

「シスターが入れ込むのもわかるね。どうかな？　今度、私と対戦してみるか？」

「えっっと……剣のたしなみが？」

「あるわけないだろう。もちろん対戦するならベッドの上だよ」

まだ粘液の滴る僕の触手を楽しそうに撫《な》で回すウルスラさん。

「そんなに固くなるな。固いのは一部で構わないぞ。ふふ、もしかしたら、ベッドの上なら私でも負けないかもね♡」

「負けてなああああい！」

呂律《ろれつ》の回っていない罵声《ばせい》。

振り返ると、ルーナが息を吹き返している。

粘液まみれの身体《からだ》をよろよろと起こし僕を睨《にら》みつける。

「ウルスラさまぁ……きょうはひと缶しか持ってなかったからぁー、もっと飲んだらおまえなんか……おま、おまえ、おまえなんか……おまぁあああああああ」

吐いた！

「おま、もっと飲んだら、おま、おま、おまあああ……おえええええええええええええええ……」

「大丈夫ですか？」

シスター・ソフィアが駆けつけ、ルーナの背中をさする。

おえっ、おえっっと何度もえずくルーナ。

「ルーナさんの能力の弱点はここなんです。飲めば飲むほど強くなるのですが、激しく動くと吐いてしまうのです」

「飲んで動けば当然だ」

ウルスラさんはその光景を見ながら楽しそうにケラケラと笑うのだった。

◆

――勇者エルヴィスを探し出し、至急の用件があると伝えろ。話しかける際には必ず最初にこのペンダントを見せること。

聖騎士《パラディン》見習いネイトがアナスタシアから命じられた内容はそのようなものだった。

ネイトが訪れたのはアリアナの街の宿屋、獅鷲亭《ししゅうてい》。

冒険者ギルドに問い合わせたところ、ここで任務中だと聞かされたのだ。

獅鷲亭の周りには多くの人だかりができている。遠巻きに囲んでいるのが野次馬。その内側には衛兵が周囲を取り囲んでいる。

が、衛兵たちは一定の距離を取ったまま、踏み込もうとはしない。

それもそのはず、獅鷲亭のバルコニーには巨大なゴーレムの姿。

壁のレンガをむしり取ると、衛兵に向かって投げつける。

糸を引くように一直線に飛ぶレンガの塊《かたまり》。

衛兵たちが隠れている向かいの家の壁に直撃し、レンガはそのまま貫通し壁にごっそりと大穴が穿《うが》たれる。直後、窓からわらわらと逃げ出す衛兵の姿。

再び宿の壁を引きちぎり投げつけるゴーレム。

状況を確認すべく、ネイトは包囲中の衛兵の中で事情を知っていそうな人間を探す。

「あれはゴーレム使いの魔女ジュリと茨《いばら》の魔女ドナだ。包囲したのはいいが、かなり手ごわくて……ですね」

アリアナの衛兵を取り仕切る兵長ミッテランはネイトのプレートメイルに描かれた審問騎士団の紋章を見て、途中から言葉遣いを敬語に変更する。

「あのゴーレム。普通じゃねえ、普通じゃないんですよ。かなり部下がやられてしまいました」

衛兵たちはゴーレムによるレンガの投擲《とうてき》を避けるために、周辺の邸宅や塀の裏に散らばって待機しているのだが、なかなか宿に突入できないでいるらしい。

「勇者エルヴィスは？　ここで作戦に参加していると聞いたのですが？」

ネイトが尋ねるとミッテランの顔に困惑の色が浮かぶ。

「それが……来てないんです」

「なにかあったのですか？」

「たぶん寝坊で……」

「は？」

「知らないんですか、勇者エルヴィスは遅刻魔で……平気で約束を……、あっ、あれです」

ミッテランが指さした先、そこには獅鷲亭《ししゅうてい》に向かって大通りを悠々と歩く男の姿があった。年のころは二十代後半くらいだろうか、綺麗に刈られた金色の髪。

「けっ、間違いない。あいつが勇者エルヴィスです」

ミッテランが多少不満げに言う。

あれが勇者エルヴィス……。

この国、最強の勇者。冒険者ギルド獲得報酬の歴代一位。恩寵《ギフト》所有者としてのカテゴリは、特例中の特例、〝カテゴリ0〟。そして、最も多くの魔女を狩った人間――。

エルヴィスは防具も身に着けておらず、緩やかなシルエットのリネンのチュニックをまとっているのみ。右手の甲には紋章のようなものが描かれている。ネイトがアナスタシアから預かったペンダントに描かれているのと同様の紋だ。

――通称、勇者の紋。噂によると十五歳の誕生日に突如として現れたらしい……。

エルヴィスは眠たそうに大あくびをしながら、のんびりと獅鷲亭の正面入り口に向かって歩を進める。背中には身長ほどもある大ぶりなロングソードを背負っているが、それを抜くどころか、ポケットに手を突っ込んだまま、無防備に。

当然ながら、それをジュリのゴーレムが見逃すわけはない。

レンガを摑《つか》むとエルヴィスめがけて投げつける。

大きなレンガの塊《かたまり》が高速でエルヴィスの頭めがけて飛来する。

——ガツッ！

エルヴィスはそれをまったく避けようとはしなかった。

鈍い音を立てて額にレンガが直撃。その勢いで爆発するようにばらばらに砕ける。

「うん、大丈夫！　そんなに威力はないよ！」

衛兵たちに向かってやたらと爽やかな笑顔を振りまくエルヴィス。

実際、額には傷ひとつない。まったくダメージを受けていなさそうだ。

「これが……エルヴィスの恩寵《ギフト》か……」

ネイトは思わず感嘆の声を上げる。

「聖騎士《パラディン》さま、違いますよ」

「えっ!?」

「勇者エルヴィスの恩寵《ギフト》は自分の剣の間合いにいる敵の能力や特殊効果をゼロにした上で斬撃を繰り出す〝勇者ストラッシュ〟です。……さっきのは単に丈夫なだけかと」

「丈夫な……だけ？　あれが？」

ネイトはにわかには話を信じられない。

普通の人間なら怪我どころか、首から上が吹き飛んでいるはずだ。

「あいつの強さの根源は純粋な基礎能力の高さですな。攻撃力、防御力、スピード、魔法防御、すべてが人間離れしてます」

「恩寵《ギフト》ですらないなんて……」

ネイトは思わず驚嘆の声を漏らす。

「ねえ？　どうする？　とりあえず、あいつら殺っちゃうんだっけ？」

エルヴィスの大きな声が通りに響き渡る。

しかし、包囲している衛兵隊からはなんの反応もない。

「ねえ、ねえ、殺っちゃうよ、いい？　あれ、違ったっけ、ああ、あれ？　違うか。あいつら使って、おびき寄せてるんだっけー？　おーい、偉い人！　責任者来てー」

大声でとんでもないことを確認するエルヴィス。

「まあいいや、とりあえず、一回、あいつらぶち殺すね」

返事を待たずに勝手に気を取り直すと、ついに獅鷲亭《ししゅうてい》の入り口の前に到着するエルヴィス。

ポーチを抜け、扉のドアノブに手をかける。

「邪魔するよー」

ドアノブを回すエルヴィスの手が止まる。

ドアの隙間から一気に襲いかかる茨《いばら》のツタ。それはエルヴィスの腕に絡みつくと、あっという間に増殖し、全身にくまなく絡みつく。茨の拘束がエルヴィスの自由を奪う。

——罠だ！

と、ほぼ同時に間髪入れずに、バルコニーからゴーレムがエルヴィスへと飛びかかった！

大きな両足で容赦なくエルヴィスの頭を踏みつける——。

ドゴッ！

ゴーレムの踏みつけにより、巨岩の落下そのもののような、重い音が鳴り響く。

が、エルヴィスは頭を踏みつけられたまま、何事もなかったかのようにその場に立っている。

ぶちぶちと茨が千切れる音。エルヴィスが身体《からだ》に絡んでいた茨をねじ切った。

ゴーレムがもう一度、踏みつけようとするが。その足をエルヴィスは胸で受け止め、両手で掴《つか》む。

「よいしょっ！」

エルヴィスは足を抱えたまま力任せに振り回すとゴーレムを地面に叩きつけた。

——ドンッ！

かなり距離が離れているはずのこちらまで地響きが伝わってくる。

「あぶねえ。罠にはまるところだった！」

エルヴィスは腰を軽く落とすと、背中のロングソードを抜き、背中が見えるほど大きく上半身をねじる。

身体《からだ》をねじったまま、地面と平行に構えられるロングソード。

その瞬間、エルヴィスの身体を包んでいた炎が消える。

身体だけではない。エルヴィスを中心に円状に炎が消失している。

「よし、喰らえ悪党ども！　これが俺の必殺技！」

エルヴィスはワザとらしい抑揚《よくよう》でそう叫ぶと、そのままロングソードを地面と平行に薙ぐようにふるう。

「勇者ストラッシューーッ！！！」

――ギンッ
鼓膜が痛くなるような甲高い音が響き渡る。

その後、ズズズッと低い音が続き、その音と同時にゴーレムの身体が二つに分かれていく。

地面に叩きつけられた状態から身を起こそうとしていたゴーレムだが下半身はそのまま。上半身だけがスライドし崩れ落ち、土の塊《かたまり》へと戻っていく。

「おお……」

ネイトの口から言葉にならない声が漏れていた。

これがエルヴィスの恩寵《ギフト》――。すさまじい威力だ。

「よし、決まった！　魔女を捕らえるぞ」

エルヴィスは意気揚々と宿の中へと単独で入っていく。

そして、わずかのうちに……。

エルヴィスが消えた宿の入り口からごろりと生首が転がり出てくる。

若い女の生首だ。怒りの形相。おそらくエルヴィスを睨《にら》みつけたまま絶命したのだろう。

「あれはジュリだ……やりやがった」

かたわらでミッテランが感嘆の声を上げる。

さらにもうひとつ、若い女の首が転がる。

「……茨《いばら》の魔女、ドナだ」

そしてもうひとつ……。

ごろんと転がる女性の首。

「……あれは……誰だ？」

ミッテランの困惑の声。

「あー、間違えたー！　こいつただの宿屋の人だなー。エリサとかいうやつが紛らわしいのがいけないんだよ！」

静まり返る宿屋の周りにエルヴィスの大きな笑い声だけが響き渡る。

はっきりいって無茶苦茶。完全なる性格破綻者だ。

「あれがこの国ナンバーワンの勇者……」

無茶苦茶だからこそナンバーワンまで上りつめたのか、それともナンバーワンの実力を持つがゆえに無茶苦茶が許されているのか……。

本当にあいつが私の命令に従ってくれるのか……？

ネイトは小さく円紋《えんもん》を切り、紋章が描かれたペンダントの効果があることを、女神アスタルテに祈るのだった。

## 3　娼館と触手

腕試しを終えたその日の深夜。

僕は与えられた自分の部屋のベッドで横になったものの、まったく眠ることができなかった。

触手を使ったことで身体《からだ》がまだ興奮状態なのか、それともこの目まぐるしい出来事に落ち着くことができないのか……。身体が眠気をまったく感じられない。

——それにしても、なんてことをしてしまったんだ。

眠気を妨げているのは身体の火照りだけではない。次々と押しよせる後悔の念も僕の眠気をシャットアウトしている。

触手を使っている間は感情が昂《たかぶ》り、抑えが効かなくなる。自分の中に眠る攻撃性がすべてむき出しになって言葉遣いさえも変わってしまう……、僕が触手を操っている間、触手も僕を操っている。そんな感覚……。だとしても、完全にやりすぎてしまった。

なによりあの決着のポーズがよくない。

あのポーズをやってしまったあとに信頼関係を築くのはもはや不可能に近い。

眠らずに横になっているのもいよいよ辛く感じて、気持ちを落ち着けるために少し歩くことにする。

といっても、林の中に打ち捨てられた廃教会。あまり散歩したくない環境だが……。

幸いにして満月が近い。教会の外に出て月でも見ようかと地下から一階へと階段を上がる。

階段の先はすぐに礼拝堂。そこを抜けて、外へと出る――はずだったのだが……。

一階の廃墟となった礼拝堂にポツンと灯りがある。

灯りは礼拝堂の脇に設置された懺悔《ざんげ》室からだ。

廃教会の懺悔室は当然ながらボロボロ、小部屋を仕切る扉の小窓も壊れており、中の様子がうかがえる。

小窓から漏れる赤く明るい光。火属性を持つ火迷い蛾《フレイムフリッカー》の鱗粉《りんぷん》を混ぜ込んだ蠟燭、紅鱗蠟《こうりんろう》、特有の灯りだ。

「シスターさま、どうか、どうかお願いします」

灯りと共に漏れる悲しげな声。

声から察するにかなり高齢の女性のようだ。

「ええ、もちろんです」

シスター・ソフィアの優しい声。

「もう、シスターさまにお頼みするしかないのです。どうか孫をお助けください」

「頭をあげてください。虐げられた人間を救済するのは我々の務め。かならずお孫さんを救出してみせます」

蠟燭の灯りで赤く照らされるシスター・ソフィアの横顔。

慈愛に満ちた、優しい顔。

懺悔《ざんげ》室の向こうから聞こえる声に何度も小さく頷《うなず》きながら、耳を傾けている。

「ありがとうございます……どうやってお礼をしたらいいか……あの、せめてこれを受け取ってください。少ないですが……私の全財産です」

「お礼などいりません。困っている人間を助けるのは女神アスタルテの徒なら当然のこと。そして過ちを犯した者を正すのも、また当然のこと。それが神の名の元に嗜虐《しぎゃく》の限りを尽くす者であれば………なおのことです」

なおも礼を言い続けるおばあさんの声が震え、やがて嗚咽《おえつ》交じりになる。

話の内容から察するに、おばあさんの孫が聖職者によってなんらかの被害にあっているようだ。この国では聖職者の地位は高く、様々な特権を持っている。

その最たるものが裁判を拒否する権利。聖職者を裁けるのは神のみであるとの教義により、神法官による神問裁判のみによって裁かれる。

その権利を利用して刑罰を恐れることなく平然と罪を犯す聖職者も存在するらしい……。

「あら。シオンさん、どうしたのですか?」

いつの間にか懺悔室のカーテンからシスターがこちらを覗《のぞ》いている。

「あの……眠れなくて」

「無理もありません。慣れない場所ですし、それに今日はいろいろありましたから」

シスター・ソフィアは僕の前まで歩み出ると、僕に優しく微笑みかける。

「そうだ、ホットミルクをお飲みになりますか？　きっと気持ちが落ち着きます」

その穏やかな声を聞くと、不思議と少し落ち着く。さすが神に仕えるシスターだ。

「あの、シスターさまこの方は……？」

懺悔室からこちらを覗いている年老いた女性と目が合う。

おばあさんが顔を隠すためにかぶっていたフードの隙間から猫のような耳がのぞいている。

どうやら獣人族のようだ。

「この方はシオン・ウォーカーさん。わたくしと一緒におばあさんの願いをかなえるお手伝いをしてくれます」

「ああ、そうですか。シオンさま、ありがとうございます」

おばあさんは這《は》うように懺悔室から出ると、膝をつき僕に向かって頭を下げる。

「ありがとうございます。ありがとうございます。どうか、どうか孫娘をお助けください。そしてあいつらを……」

いまにも泣き出しそうだった獣人のおばあさんの顔が一変する。

「殺してください」

それはいまにも噛みつきそうな猛獣の顔だった。

「──────！」

心臓がドキリと大きく高鳴る。

そもそもここは闇に包まれた深夜の廃教会。

その懺悔《ざんげ》室に独り現れたおばあさんと、その願いを無償で聞き届ける邪教のシスター。

普通の光景であるはずがないのだ……。

深々と頭を下げる獣人族のおばあさん。その肩に手をふれ優しく微笑むシスター。

麗《うるわ》しいはずの光景がなんとも恐ろしいものに感じたのだった。

◆

──翌朝。

「シオンさん、よく眠れましたか？」

シスター・ソフィアの手にはパンと具だくさんのスープ、そしてミルクが載ったトレイ。それを作業机にそっと置く。

朝陽が届かない地下の一室だが、ミルクの香りで朝を感じる。

「朝食、取っておきましたので、召し上がってくださいね。それから、食べ終わったタイミングでいいので、わたくしの部屋に来ていただけますか？　ちょっとお手伝いしてもらいたいことがあります」

シスター・ソフィアは僕に向かってぺこりとお辞儀して部屋を出ていく。

手伝ってほしいこと。十中八九、昨夜のおばあさんの願い事だろう。

つまるところはシスター・ソフィアと約束した魔女のお仕事。その時がいよいよ来たということだ。

僕は朝食と同時に心の準備を済ませると、さっそくシスター・ソフィアの部屋に向かう。


廃教会の地下は礼拝堂と魔女たちの居住空間に分かれている。

一階の礼拝堂の真下に同じように礼拝堂があり、ここはみんなの共同スペースとなっている。

礼拝堂の正面にある祭壇、その裏が居住スペースとなっている。まずは十人以上が同時に食事を取ることができる食堂。その食堂から左右に廊下が伸びており、廊下にはそれぞれ十ほどの部屋が連なっている。

部屋はどれも修道院風の簡素な作りになっており、それぞれ個室として魔女たちに与えられている。

その中の最も食堂に一番近い一室。そこがシスター・ソフィアの部屋だ。

僕に与えられた部屋とまったく同じサイズの部屋に同じベッド。

違いがあるとすれば、僕の部屋にはない大きめのデスクくらいか……。

机の上にはたくさんのノートが積まれており、壁にもいくつもメモがピンで留められている。

それぞれ、仕事についてのこまごまとしたメモのようだが、随分と数がある、数百枚はあるだろうか、メモの上にさらにメモが貼られてすらいる……。

他に壁を飾るものはなく、質素そのもの。女性らしい装飾はまったくない。

もう少し、部屋を観察して、シスター・ソフィアの人となりを少しでも感じ取りたかったのだが、僕にはそれ以上、部屋を見ている時間はなかった。

「約束どおり、シオンさんには我々の仕事のお手伝いをしてもらいます」

やはりその話か……。

「お仕事を手伝う中で、シオンさんには実践的に触手の扱いを学んでもらいます」

改めてシスター・ソフィアが仕事を手伝う意義を説明してくれる。

「やはりあの獣人族のおばあさんのことですか?」

「獣人のおばあさま?」

小首を傾げるシスター・ソフィア。

「あの、昨日の……」

「ええ、そうそう。その件です」

シスター・ソフィアは少し慌てた様子で壁のメモを探ると、一番上層に貼られていたメモを壁からはがす。

「そうでした。そうでした。ズーラ族のおばあさまの相談事にお応えすることにしたんです」

シスター・ソフィアはそう言いながら、素早くメモに目を走らせる。

「先月、ズーラ族の村が襲われたのです。おばあさまは略奪により家財をすべて奪われ、そしてお孫さんをさらわれてしまったのです」

シスター・ソフィアのそぶりが少し気になったが、すぐに本題に入る。

「お孫さんの名前はナナゥさんというらしく、まだ十三歳のお嬢さんです」

「なんて酷《ひど》いことを……」

「襲ったのは聖蒼玉騎士団《せいそうぎょくきしだん》」

――聖蒼玉騎士団。

教会は独自の武力の保持を国から認められており、複数の聖騎士団を持つ。聖蒼玉騎士団はそのなかでも特に過激だと噂の騎士団だ。

攻撃的で狂信的、危険を顧みない勇猛果敢な騎士団。辺境での魔獣討伐に大いに功績があったが、その反面、ならず者の集まりと化しているらしく、特に獣人族を女神から最も遠い不浄の種族と見なしていると聞く……。

「それでそのお孫さんは今どこに？」

「矯正院《きょうせいいん》に送られました」

「……矯正院？」

僕はその施設の名前を初めて聞いた。

「はい、不浄な女子を集めて、神のために奉仕させる施設……とは名ばかりの、聖職者および貴族階級向けの娼館です」

つまり、正教会が異種族を狩って、売春宿を作っているということか……。

「本物の売春宿と違って女の子に報酬は払われず、聖職者たちは自分の欲を満たしながら、清めてやったとすら思っているのです」

教会の横暴はよく聞くが、それにしても酷《ひど》い話だ。

シスター・ソフィアはまるで天気の話でもしているかのように淡々と説明する。

「お孫さんが送られたのは、セレナスの街にある矯正院《きょうせいいん》です」

「それで、どうやって……救出を……？」

「襲いましょう」

淡々とした口調でシスター・ソフィアが答える。

今日の夕飯の献立を尋ねたのかと思うほど、平然と。

「つまり……矯正院を襲撃して、力ずくで救出する……」

「ええ、ここはシンプルに」

「大丈夫ですかね、教会の施設を襲うなんて……」

通常の売春宿であっても用心棒がいる。騎士団が運営する施設であれば、なおさら厳重な警備があるはず……。

「大丈夫に決まってます。シオンさんなら、ちゃんと襲撃できます！　自分を信じて！」

僕の手を取り、目をまっすぐ見つめて励ましてくれるシスター・ソフィア。

ちゃんと襲撃できるって……。そんなことに太鼓判を押されても全然うれしくない。

「それはいつ決行するんですか？」

「矯正院にいるということは、日々、修道士たちに肉体での奉仕を強いられるということ。だからできるだけ早く救出してあげたいのです……そうですねぇ……今からっていかがですか？」

「今から!?」

「はい。今から。あら、シオンさん用事でもありました？」

「いえ……」

まさに言葉のとおり「今すぐ」だった。

シスター・ソフィアの提案からわずか三十分後、教会の前に直ちに馬車が現れ、僕とシスター・ソフィアを乗せて、走り出す。

それから街道をひた走ること三日。

ウルスラ伯領を出て、教会直轄領、商業都市セレナスの市街地へと入る。

夕暮れ近くになり、僕たちを乗せた馬車は目的の場所、スヴェトラーナ教会付属矯正院の前へと到着した。

大きな市のある街の中央広場、その周りに並ぶ数十件の飲食店。続いてその近辺には旅人のための宿屋が並ぶ。

そんな街の繁華街から通り一本外れた裏町。

よそ者であれば誰もが訪れるのを躊躇《ちゅうちょ》するような、いわゆるスラムに矯正院《きょうせいいん》はあった。

そのたたずまいは教会付属の施設といいながら宿屋そのもの。しかも建っている場所はいかがわしい店の並ぶ裏町の一角。

こんな旅人が訪れることがありえなさそうな場所にある宿屋風の建物、そこでなにをしているのか容易に想像ができる。

今も聖職者と思《おぼ》しき人間が一人建物の中に消えていく。

あの男の目的もおそらく……。

「まずは待ち合わせの宿に向かいましょう」

馬車で移動中に説明を受けたのだが、今回の任務はシラクの街近くで活動している魔女と共同で行うとのこと。

「一緒に行動するのはシャンタル・マギーさん。シオンさんの一歳年上になるのですが、経験豊富で腕利きの魔女です。特に今回のような襲撃系のお仕事ではとっても頼りになるんですよ」

その魔女には伝書精霊《でんしょシルフ》によってすでに連絡が届いており、先に宿に入って、僕たちの到着を待っているとのことだが……。

目標となる矯正院からほど近い、小さな冒険者用の宿。

二階の廊下の突き当たりにある一室。そこが約束の待ち合わせ場所となっていた。

シスター・ソフィアが軽くノックをして、ドアノブを回す。

鍵は閉まっておらず、キィッとかすかに軋《きし》みながら、ゆっくりとドアが開く。

狭いスペースに敷き詰めるように三つのベッドが並べられた簡素な部屋。その最も奥、窓際のベッドに女性が一人横になっている。

眠っているのか、それとも休んでいるだけなのか……。

まだ夕方で睡眠を取るには早い時間だが、疲れているのだろうか。

たしかに僕もこの三日、馬車に揺られっぱなしだったので、間違いなく移動の疲れはある。

もし、起きているのであれば、挨拶《あいさつ》だけでもと思ったのだが……。

「あの……」

「し、死んでるっ！」

その光景を見て、僕は反射的に叫んでしまった。

ベッドに横たわっていたのは女性の死体。しかも、カラカラに乾いて半ばミイラ化している。

乾いた肌、なにかを叫ぶようにぽかりと開いたままの口。そして眼球を失い、ただのウロとなった双眸《そうぼう》。

――こ、これはもしかして、なにか特殊な恩寵《ギフト》による攻撃!?　だとしたら、ここは危険だ。すぐに部屋から出ないと。

「シスターっ！　早くここを――」

だが、僕の警告は途中で遮られる。

「あんた、なにやってんの？」

シスター・ソフィアの後方、ドアの向こうから一人の女の子がこっちを見ている。

怪訝そうに僕を睨《にら》みながら、部屋の中へと入ると、まっすぐにミイラ化した女性の元へと向かう。

「あんた、この子にイタズラしなかったでしょうね？」

「はああっ!?」

もう、なにが起こっているのか、なんの話なのかまったく理解できない。

僕は助けを求めてシスター・ソフィアに視線を送る。

「シオンさん、こちらがシャンタル・マギーさんです」

シスター・ソフィアが紹介したのは当然ながら生きているほうの女の子。

真っ黒なドレス。スカートの裾には幾重にもフリルがあり、そのフリルまで黒い。

三つ編みされた長い髪。その先端にはやはり黒いリボンが結ばれている。

「マギーさんは死霊術《ネクロマンス》の魔女と呼ばれています」

死霊術《ネクロマンス》──。

つまり死体使いということか。

「マギーさん、こちらは期待の新人で、いずれは我々の切り札になってくれる方、触手使いのシオンさんです」

「ど、どうも」

握手しようと手を差し出すが、シャンタル・マギーは握手に応じず、ただ僕を見つめている。

「ふうん、あんたが噂のけだものね。ルーナに酷《ひど》いことしたらしいじゃん」

目が悪いのか、顔を寄せ、睨むように僕を見つめるシャンタル・マギー。

「一応言っとくけど、わたしは生きてる男には興味はないから」

それだけ言うと、ぷいっと顔をそむけてしまう。

生きている男って……。

そのカテゴライズで拒否されると、まったく悔しさを感じない。

「なるべく早く仲良くなってくださいね。明日の昼には不埒《ふらち》な聖職者どもに正義の鉄槌《てっつい》を下す予定ですから」

シスター・ソフィアは淡々とそう言うと、自らの荷解きをはじめる。

入口近くのベッドに腰を下ろし、カバンから衣服や日用品を並べる。

「わかってるわよ。わたし、仕事はちゃんとするから。シスターだって知ってるでしょ」

シャンタル・マギーもシスターに倣《なら》って、自分の荷物を真ん中のベッドに広げ始める。

……。

………？

手前がシスター・ソフィア、真ん中がシャンタル・マギー。そして窓際がミイラ化した死体。

「ちょっと！　僕のベッドは!?」

「え、ベッド使うの？　スージー、あんまり動かしたくないんだけど」

スージーとはおそらくこの女性の死体。

「なんでベッドに死体で僕が床なんだよ！」

「スージーは今、すごく壊れやすい状態だから！　丁寧に扱わないといけないの！」

「だったらマギーが床に寝なよ！」

あまりの展開に思わず声を荒らげてしまう。

「はあ？　先輩の魔女にそんなこと言っていいと思ってるの？」

「でしたら、シオンさんはわたくしのベッドで一緒に寝ます？」

「い、いや、さすがにそれは……」

ベッドのサイズはひとりで寝ることを想定したこぢんまりとしたもの、さすがにここで一緒に寝るのはマズい。

「これから何度も一緒に旅をするのですから、気にすることはありません。休めるときにしっかりと休むのも大事なことです」

「いや、でも……」

そもそもシスター・ソフィアと超密着状態でベッドに入って休める気がしない。

そんな僕を見て、やれやれとため息をつくシャンタル・マギー。

「ったく、しょうがないわね……」

シャンタル・マギーはシーツを引っ張り、スージーと呼ばれた女性を慎重に脇にずらす。

「まさか、そこに寝ろって言うんじゃないだろうな」

「言うわけないでしょ！　あたしが寝るの」

「それはそれで申し訳ないだろ！　死体を下ろせば済む話じゃないか」

「絶対ダメ！　だったらあんたとベッドで一緒に寝る！」

「むしろそれはアリなの!?」

シャンタル・マギーの謎のこだわりのせいで自分が好かれているのか嫌われているのかよくわからなくなる……。

とにかく最終的にはシャンタル・マギーと僕が交代で真ん中のベッドを使うことに。

こうして僕は魔女としての初仕事の前夜を眠れずに過ごすことになったのだった。


――翌日。

シスター・ソフィア曰《いわ》く正義の鉄槌《てっつい》を下す時がやってきた。

僕とシスター・ソフィア、そしてシャンタル・マギーは物陰から矯正院《きょうせいいん》の様子をうかがう。

まだ陽の高い正午過ぎ、矯正院を訪れる〝客〟は少ない。

矯正院の入口には二人の門番が立っている。そのたたずまいから察するに聖職者ではなさそうだ。鍛えられた身体《からだ》、するどい眼光、暴力の香りが匂い立つかのような危険な雰囲気。

「やとわれの用心棒、たぶん汚れ仕事をいとわないタイプのギルド所属の冒険者といったところでしょうか」

シスター・ソフィアが僕の疑問に答える。

「ギルドの冒険者ですか」

「はい……いわゆる闇営業です」

シスター・ソフィアの話によると冒険者は高額のギャラと引き換えに、世間体の悪い仕事、汚れ仕事、犯罪まがいの仕事を引き受ける、それを通称闇営業と呼ぶらしい。

「気をつけてくださいね。処刑場の衛兵と恩寵《ギフト》持ちは全然違いますよ。古びた娼館でも相手の持つ恩寵《ギフト》によっては難攻不落の要塞と化しますから」

ギルドに所属している人間は神儀官《しんぎかん》によって恩寵《ギフト》ありと認定された人間のみ。単なる衛兵とはわけが違う。矯正院の建物の規模は僕たちが宿泊した宿よりも二回りは大きい。おそらく施設内にも用心棒がかなりの人数いるはずだ。

「あの……作戦は？」

「はい。マギーさんが矯正院の周りで騒ぎを起こし、用心棒たちを誘導します。その隙《すき》に矯正院に突入。女の子たち全員を解放します」

「騒ぎを起こすのは得意だからね。任せて、大パニック起こしてあげるから。シオン、足引っ張らないでよ」

シャンタル・マギーは僕の背中をバシンと叩くと小走りに駆け出していく。

僕はシスター・ソフィアとふたりきりとなる。

「僕とシスターだけで乗り込むんですか……」

僕は実際に魔女の仕事をするのは初めて。正直不安でいっぱいだ。

「シオンさん、大切なことをひとつお伝えします」

「はい……」

「わたくしは戦えませんよ」

「え……！」

「わたくしの瞳術《どうじゅつ》は人を傷つけるようなことはできません。この目ができるのは二つ、相手の能力を読み取ること。いわゆる星見ですね。次に十秒ほど目を合わせた相手に幻を見せる能力と、それから、シオンさんにもお使いしたあの能力です」

あの能力……。

僕はシスター・ソフィアの唇の感触を思い出す。目を見ながら口づけをして、相手の力を引き出す力――なのだろう。

「というわけで、わたくしは直接の戦闘ではお役に立てません。身体《からだ》も弱いですし、ギルドの冒険者に攻撃を受ければ即死でしょう」

ということは実質ひとりで戦うということか……。

本当に大丈夫だろうか？　たしかに僕の触手は処刑場の衛兵を倒すことができたし、腕試しでも十分な力を発揮した。しかし、相手は恩寵《ギフト》を持つギルドの冒険者、いわばプロだ。しかも何人も同時に……。

「中にどれくらいの人がいるんでしょうか？」

「現在、院内にいる男性の人数は客もふくめて全部で十五人前後、客が十人、用心棒兼店員が五、六人といったところでしょうか？」

驚くことにシスター・ソフィアが僕の懸念にあっさりと答えを出す。まさに即答、当然のことであるかのように。

「あの、どうしてそれが？」

「仕出しの食事の量です。つい先ほど仕出しの業者に小銭をお渡しして注文量を教えていただきました」

シスター・ソフィアは仕出しの食事の量で中にいる人の数を推測したらしいが……。

なるほど、昼食の質と量で中にいる人の数は推測できそうだ。

しかし……少し引っかかる。

「でも、中には捕まっている女の子も……その分も考えると……」

「獣人の女の子にまともな食事が出るわけがないじゃないですか」

シスター・ソフィアがさらっと恐ろしいことを言う。

「……！」

「矯正院《きょうせいいん》で女の子に与えられるのは残飯、最低限、生きられればそれでよし、まさか料理屋から仕出しがもらえるなんてありえません」

「残飯……」

「ええ。人間の食べ残し、それこそが獣人にふさわしい食事。あの人たちはそう思っているのです」

なるほど……。

相手はそういう人間か……。

覚悟が定まっていなかった僕の心の中で、鉄槌《てっつい》を下す準備が少し整う。

「さあ、そろそろマギーさんの騒ぎがはじまりますよ」

そう言うと、シスター・ソフィアは「ふふっ……」と小さな笑みを浮かべる。

「なにがおもしろいんですか？」

「いえ、マギーさんの起こす騒ぎはとっても素敵なんです。楽しみで」

そういえば、シャンタル・マギーの夷能力《バグ》についてまだ詳しく教えてもらっていなかった。

素敵な騒ぎ？　いったいどんな……？

僕の推測がなんらかの結論に辿り着く前に、答えのほうが向こうからやってくる。

「うわあああああっ！」

「きゃああああっ！」

街中に上がる悲鳴。

その方向から現れたのは……。

——オオ……オオオオ……オオオオオ……

それは死体の集団だった。

うつろな目、腐り、ボロ布と化した服、その隙間からは今にも崩れ落ちそうな腐乱した肉体が露《あら》わになっている。

その死体たちはおそらく墓から出てきたのだろう。腐敗の進行具合もさまざま。半ば白骨化している者もいる。

数は……十、二十、さらに増えて三十。

死体たちが街の住民を追いかけまわしている。

最後尾に陣取るシャンタル・マギーがさっと手を振ると、死者たちはその手が指示した方向へ一斉に方向転換する。

その向かう先には矯正院《きょうせいいん》。

これが死霊術《ネクロマンス》の魔女、シャンタル・マギーの夷能力《バグ》……。

「どうです、素敵じゃないですか？」

シスター・ソフィアはその行進を見ながら、怪しく目を輝かせる。

「どこが素敵なんですか！　普通に地獄絵図じゃないですか！」

「ええ、とっても素敵な地獄絵図です」

「意味がわからないですよ」

「この世界には報われない死を迎えた人間がたくさんいるんです。無実の罪を着せられ教会に殺された者、略奪され殺された者、慰み者になって死んだ者、果たせぬ想いを抱いて土の中に眠っていた者たちに復讐の機会が与えられたのです」

シスター・ソフィアのルビーのように深く紅い瞳はシャンタル・マギーの率いる死者の進軍をうっとりと見つめている。

「さあ、果たせぬまま、土の下に眠っていた想いが花開く時です」

手を合わせ、祈りを捧げるシスター・ソフィア。

その祈りを背中に受け、死者たちが門番へと殺到する。

「クソッ、ふざけんなよ！」

門番はギルドから派遣された雇われの冒険者。殺到する死体に少しの時間、驚いたものの、すぐに冷静さを取り戻すと、門番たちは機先を制すべく勢いよく飛び出していく。

「うらあああっ！」

門番の一人が剣を抜くと刀身の上で火精《サラマンダー》の姿が現れる。

「火属性の恩寵《ギフト》、火精操作《サラマンドラ》。ランクCといったところでしょうか」

相手の恩寵《ギフト》を即ざに見抜くシスター・ソフィア。この前に話していた瞳術《どうじゅつ》のひとつだ。

先頭を行く死体に打ち下ろされる剣。その後、剣の周りに小さな炎が上がり、死体の衣服に燃え移る。人間なら剣の一撃を防いだとしても大火傷《おおやけど》だろう……。

さらに一体、もう一体と斬りつけられ、炎が巻き起こる。

が、その隙《すき》に一体の死体が門番の男に躍りかかる。

枯れ枝のように細い身体《からだ》が素早く動き、剣を回避、門番の首筋に噛みついた。

あの死体はスージーだ！

スージーを振り払おうと暴れる門番。

その隙を与えず、次々と死体が殺到する。

「故ジョン・サンチョさん、正面からタックル！　故バウフ・ローンさん！　もう少しだけ頑張って！」

大柄な男性の死体が門番の腰にしがみついて、その動きを止めると、獣人族の大柄な死体が炎の柱と化したまま、なおも用心棒に飛びかかる。

「ぎぃやあああ」

自らの炎に巻かれ絶叫する門番。

「マギーさんの死体は死んだときの恨みの念が強ければ強いほど、強力な死体となって蘇るのです」

あの獣人族の方の怨念は全身を焼かれた程度では消せはしないということか。

「シオンさん、どうです？　素敵じゃないですか？」

僕を見つめ怪しく笑うシスター・ソフィア。その瞳は、燃え上がる獣人の死体と用心棒の炎でいつもよりさらに赤く輝いていた。

「クソがあああ！」

もう一人の門番は両拳《こぶし》にナックルダスターを装備し、死体たちに打ち込んでいる。

こちらはシンプルに肉体強化系の恩寵《ギフト》持ちなのだろう……。

パンチを撃ち込まれるたびに身体に大きな穴を穿《うが》たれる死体たち。

が、多勢に無勢、死体たちに囲まれその姿が見えなくなる。

シスター・ソフィアはそれを楽しそうに見届けたのち、僕へとくるりと向き直る。

「そろそろ我々もお仕事に取りかかりましょうか」

シスター・ソフィアは僕の腰に腕を回すと、背伸びをして、僕に口づけしようとする――。

が、寸前で唇が止まった。

「ど、どうしました？」

「少し試してみたいことがあります」

シスター・ソフィアが鼻と鼻が触れ合いそうな距離で言う。

「な、なんですか、こんな時に？」

「わたくしの口づけで触手を召喚する。それはそれでいいのですが、それだと常にわたくしがそばにいないと触手を出せないことになってしまいますよね？　それではせっかくの能力がもったいないと思いませんか？」

「それはそうですけど……」

「わたくしの仮説ですと、触手を召喚するにはシオンさんの精神の昂《たかぶ》りが必要です。シオンさんの心の猛りと意思を媒介として、あの触手が出現するはず。であれば――」

「ちょっと、なにやってんの！」

シスター・ソフィアの推論は後方から聞こえる罵声《ばせい》によって遮られた。

振り返ると、ずんずんと大股で接近するシャンタル・マギーの姿が見える。

「わたしが騒ぎを起こしてるうちに突入でしょ！　なんでのんびり話し込んでるのよ！」

シャンタル・マギーは僕の目の前に仁王立ちすると、鬼の形相で僕を睨《にら》みつける。

まったくおっしゃるとおり。

だがシスター・ソフィアはシャンタル・マギーの怒りなどまったく気にしている様子はない。

それどころか、なにか思いついたようで、ぱっと顔が明るくなる。

「マギーさん、ちょうどよかった！」

シスター・ソフィアはそう言うと、シャンタル・マギーの背後に回る。

「ちょっ……なによシスター……？」

きょとんとするシャンタル・マギーと僕に、シスター・ソフィアがにこりと微笑む。そして

——


そのままシャンタル・マギーのスカートを一気に捲《まく》り上《あ》げた！

僕に向かって仁王立ちだったシャンタル・マギー。

当然ながら真正面で太ももと、そして下着が露《あら》わになる。

「……なっ!?　なにやってるのよーっ！」

シャンタル・マギーは顔を真っ赤にしながら絶叫すると、なぜか僕の頬を全力で平手打ちした！　魔女による強烈な一撃、思わず膝をつくと、捲り上げられたスカートの中身はもはや目の前に。

「このーっ！」

シャンタル・マギーが僕の顔面を踏みつける。さすが魔女、容赦がない。

が、踏みつけているせいで僕の視界はスカートの中だけになっている。上からダイナミック

に迫る太ももと激しく動いたせいで、食い込み気味のパンツ。

「どうです？　シオンさん、昂《たかぶ》りましたか？」

その問いに僕が答える必要はなかった。

——ズルリ。

すでに何度か味わった独特の感覚が右腕に発生する。

「お見事！　さすがシオンさんです」

小さな拍手でシスター・ソフィアが僕を讃《たた》える。

「なにがお見事なの！　ただのド変態じゃん！」

「はい！　見事な変態っぷりです！」

満面の笑みで応えるシスター・ソフィア。

精神的な昂りで触手が召喚できるかどうかの実験はとりあえず成功。僕が病み気味ドS女子に全力で踏まれるシチュがアリでよかった。

「ていうか、ワザとやったよね？　こんなのシスターのやること？」

「わたくしは邪教のシスターですから」

シスター・ソフィアは平然と言ってのけると、くるりと踵《きびす》を返し、僕のほうへと向き直る。

「シオンさん、行けますか？」

「ええ……もちろん」

!?
ズルッ

僕は顔を踏みつけられた直後とは思えないほどキリリとした表情で悠然と立ち上がる。

シャンタル・マギーによってもたらされた精神の昂《たかぶ》りはすでに全身を駆け巡り、破壊衝動へと変質し、先ほどまであった恐怖心は塗り潰《つぶ》されてしまった。

僕は敢然《かんぜん》と矯正院《きょうせいいん》の中へと足を踏み入れる。


門番を失った無防備な矯正院の入り口。まずは開け放たれた扉の陰に隠れる。

「マギーさんが二人連れ出してくれましたが、あと三人、もしくは四人の恩寵《ギフト》所有者がいます。気をつけてくださいね」

恩寵《ギフト》のある人間との戦いは別次元。なにが起こるか予測不能。

僕は扉の陰からそっと顔を出し、まずは中の様子を伺う。

院内の作りは外観のとおり宿屋そのものだった。

フロントがあり、その周囲はロビーと食堂。一階は吹き抜けになっており、二階へと上がる螺旋《らせん》階段がある。

カフェスペースでは女の子に給仕させながら、酒を楽しんでいる若い男。身なりがいい。貴族階級の人間だろうか……。

「ん!?」

男がこっちを見て、表情を一変させる。

しまった、見つかった！

なにかしらの罵声《ばせい》を投げかけたかったらしいが、言い終わる前に僕の触手が顔面のど真ん中を射ち抜く。

「なんだ、貴様──ヌプッ！」

男はテーブルを派手に倒しながらロビーの壁まで吹っ飛んでいく。

「あ……お客さんには危害を加えないほうがよかったですか」

「そうですね、今回は特別に〝よし〟としましょうか」

しかし、シスター・ソフィアがよしとしても、矯正院の人間はよしとしない。

男を吹っ飛ばした時のけたたましい音がすでに館内中に異常事態発生を告げている。

「おい、なにが起こっ──ぬちゅっ！」

二階の手すりから身を乗り出し、こちらをうかがう男。

その顎を触手が下から射ち抜く。

吹き抜けの二階から男は落下。床に打ちつけられる。

と、その直後、廊下の奥にガタイのいい男の姿を発見する。

「防壁展かぃ──あぬぅうっ！」

すぐに触手を戻し、全力でその男の尻を勢いよく突き上げる。

次はまた二階。

僕に向かって細身の男が手をかざしている。手に巻きついているのは宝石のついたチェーン。

おそらく、なにか魔力を高めるような装飾品だ。

「我が身に宿りし、神々の息吹よ──うわっ」

僕は触手を大きく旋回させると、男の首に巻きつける。

そのまま身体《からだ》を引っこ抜くように二階の廊下から引っ張り上げると、一階の床に勢いよく叩きつける。

「ヒギャッ」

小さな悲鳴を上げ動かなくなる細身の男。

「こいつは客じゃないみたいだな」

どうしても触手の影響で言葉遣いが荒くなる。

しかし、これまでに比べればかなり抑えられているように思える。

もちろん興奮しているのだが、どこかそれを俯瞰《ふかん》で見ている自分もいる。それに触手の性質も若干違う気がする。以前よりもパワーはないが動きは早い。

以前、シスター・ソフィアのキスで引き出してもらったときはパワータイプだった。今回、シャンタル・マギーに踏まれて出た触手はスピードタイプといったところか……。

触手を出したときのシチュエーションの影響があるのだろうか？

「彼の恩寵《ギフト》は風属性の魔法適性、ランクＣ＋といったところですね。その前の方が防御魔法適性者、ランクC、最初のなにもされずに『ごあっ！』とおっしゃっていた方は意外にも肉体強化ランクBの恩寵《ギフト》所有者でした」

「へー、そうなんですね」

「おそらく一階に防御能力の高い人間を配置して、二階から遠隔攻撃で集中砲火する作戦だったはずです。シオンさんの触手のパワーが全部台無しにしてしまいましたが」

触手は僕の意思で動かすことができるのだが、僕の心理状態に呼応して、半ば自動的に動く、命の危険を感じたり、僕の怒りや敵意に反応したり……。

本能や反射で身体がとっさに動くのに近い感覚だ。

「すごいです！　シオンさん、こんな短期間でこれほど使いこなせるなんて、素晴らしいです」

「ど、どうも」

「この調子なら近い将来、本当の姿を引き出せるはずです」

「本当の姿？」

言葉の意味はわからないが、しかし、不思議と感覚は理解できる。

コイツはまだ途中だ。ほんの一部しか召喚できていない。

僕の右腕の感触がそう伝えている。

「シオンさんがその触手の力をすべて引き出したとき、シオンさんに勝てる人間など存在しません。それどころか、この世界はガラリと一変するのです」

シスター・ソフィアが不敵に微笑む。

怪しく輝く三重の瞳、その目はこの世のものではなく、なにか別のものを睨《にら》みつけているような……そんな印象を受ける。

シスター・ソフィア……あなたはいったい何者なんだ？　なにを信じ、なにを目指している？　そして僕は……なんなんだ？

「……それはまた今度お話ししましょうね！」

突如、シスター・ソフィアがぱちんと手を打ち、僕は我に返る。

すでにシスターの顔から不敵な笑みは消え、いつもの慈愛に満ちた表情へと戻っている。

「さあ、救出です。囚われの姫たちを身も心も解放してあげましょう。シオンさんの美しき、正義の触手で」


二階は通常の宿と同じように廊下に沿って左右に等間隔に部屋が並んでいる。

通常の宿と異なるのは部屋のドアの施錠の方式。

ドアに施された分厚い鉄のかんぬき、それにぶら下がるゴツい錠前。

この施錠が部屋の住人を守るためではなく、監禁のためのものであることを如実に示している……。食事も満足に与えず、部屋から一歩たりとも出さずに聖騎士《パラディン》たちの慰みものにする。

この分厚い鉄の錠はそのためのもの。

が、僕の触手にとってはこの程度は無施錠と同じ。

——ズンッ！

ひと突きすると、錠前どころか、かんぬきごと吹っ飛ぶ。

ドアがゆっくりと内側に開き部屋の住人を露《あら》わにする。

ベッドの中からこっちを見つめる獣人族の女の子。耳の形状から察するに犬系統の獣人族のようだ。

かすかに口を開き呆然とした表情。なにか言いたげだが、ショックで言葉が出ないようだ。

「もう大丈夫ですよ！」

僕はそのショックを和らげるために優しく微笑む……。

「きゃあああああっ！　やめてぇえええええ！」

僕の触手を見て女の子が絶叫した。

「違う！　助けに来たんです」

「ぜったい、ウソ！　そんなわけない！　それはやめてえええええええ！」

「いや、気持ちはわかりますけど。本当なんです。信じてください」

「そんなの無理いいいいいいいい」

布団で身体《からだ》を隠し泣き叫ぶ女の子。

完全に触手で辱《はずかし》められると勘違いしている……。

誤解を解きたいが、僕では埒《らち》が明かない。ここは女性同士で……。

「シスター、なにか言ってあげてくださいよ」

「安心してください。シオンさんの触手はいい触手ですよ」

「いやあああああ！」

全然ダメじゃないか！　まったく安心してない！

「あらら」

「どうします？」

「今は時間がありません。誤解を解くのはあとまわしにして、監禁されている女の子全員を解放しましょう」

たしかにいつ正教会の増援が来るかもわからない。

誤解を解いている時間的猶予はない。

僕は泣き叫ぶ獣人族の女の子を残して、廊下へと戻る。

ずらりと並ぶ同じドア、同じかんぬき、同じ錠。

どれも僕の触手の前には無力。

ズンッ！

ズンッ！

ズンッ！

錠前は次々に破壊され、床へと転がる。

「いやあああああ」

「きゃああああああ」

「やめてえええええ」

「大きすぎいいいいいいいいいい！」

そして次々に発せられる悲鳴。

そして僕を見るなり、一目散に逃げだしていく女性。

一応、囚われの女性を助け出したヒーローのはずなのだが……。

この触手、やはり見た目に問題がありすぎる。

とはいえ、そんなことを気にしている場合ではない。

心を無にして最後のドアの錠を破壊する。

「にゃ……？」

ベッドの上からまっすぐに僕を見る女の子。

猫耳、猫型の長いしっぽ。

ズーラ族の女の子だ。

「キミがナナゥだよね？」

僕の問いにこくりと頷《うなず》く。

「おばあさんの依頼で助けにきました」

「おばあちゃんっ！」

ベッドの上で掛け布団《キルト》をはねのけ立ち上がるナナゥ。

一糸まとわぬ肢体が露《あら》わになる。

「おばあちゃんが助けてくれって言ったの？」

丸いお尻から尻尾がピンと立つ。

「ちょっ、その前に、なにか着て……」

「あ……そっか」

ズーラ族は文化的に肌を見せることを気にしないのか……。

それともナナゥが羞恥心《しゅうちしん》少なめの子なのか……。

「ナナゥさん、一緒にわたくしたちの教会に参りましょう。おばあさまも心待ちにしているはずです」

「うんっ！」

ナナゥは跳ねのけたキルトをくるりと身体《からだ》に巻いて衣服の代わりにする。

どうやら服すら与えられていなかったらしい……。

監禁され、性欲のはけ口になるだけの日々。

……服は必要ないということか。

巻いたキルトから見える足首。ぐるりと輪のような傷。いくつもの切り傷が治ってはまたついた。そんな痛々しい傷跡だ。おそらく、あれは足枷の跡だろう……。

明るくふるまっているが、ここで地獄の日々を送ってきたということだ。

「こんなところとは、さっさとおさらばしよう」

僕は左手でナナゥの手を引き、部屋から出る。

その寸前だった。

「教会の所有物をどうするつもりかな？」

甲高い声。同時に開いた扉からぬるりと痩せた男が現れる。

頬には大きな傷。頬だけではない、額、顎、首、小さな傷がいくつもある。

仮面が張りついているような固い笑み、ひと目で作り笑顔とわかる。その笑顔が見る者に与えるのは安心感でも親しみでもない。

「逃げて」

僕は急いでナナゥの手をほどき逃がそうとする。

しかし、痩身の男が両手を広げ入り口を塞いでいる。

広げた腕には、弓で人を射る天使のタトゥー。

それを見て、シスター・ソフィアの顔色が変わる。

「シオンさん、気をつけてください……そのタトゥーは聖蒼玉《せいそうぎょく》騎士団団員の証です」

「よく御存じで。まさしくそのとおり……そういうあなたは……」

男は目を細め、シスター・ソフィアの胸元をじっと見つめる。

その視線の先には円紋《えんもん》のペンダントが揺れている。

「ん……？　貴様……、邪眼の魔女シスター・ソフィアか？」

「あなたは……聖蒼玉騎士団《せいそうぎょく》団長、レギン・オータム」

「ご名答」

この男性が聖蒼玉騎士団の団長……。

作り笑いの上に作り笑いを重ねるレギン。演技じみた動きで手を叩き、シスター・ソフィアの正解を称えたかと思ったら……。

その直後、突如として、レギンの目から一筋の涙が流れ、頬を伝う。

「おお！　女神アスタルテよ。ありがとうございます！　このような幸運を与えてくださいまして、感謝！　心からの感謝を申し上げます！」

レギンは僕たちからくるりと背を向け、陽の差し込む窓に向かって手を合わせる。

「嗚呼、それにしてもなんたる幸運、私が矯正院《きょうせいいん》を訪れることなど月に一度。普段であれば、むざむざと魔女の蹂躙《じゅうりん》を受けたことでしょう。しかし、たまたま月に一度の訪問日が今日。女神に私の祈りが届いたのですね。ありがとうございます！　おかげで不浄な魔女を排除することができます！　この手で世界を清める様子を神域より見守りください」

ひざまずき、女神アスタルテを讃《たた》える動き、円紋を切るレギン。

その祈りを捧げ終えると……。

再びくるりと僕たちのほうへと向き直り、左右の腰に下げていたハンマーを両手に取る。

「お待たせ。やろうか」

先ほどの泣き出さんばかりの感動の表情は消え失せている。

僕に向かって突き出される左手のハンマー。

ハンマーは通常の工作用の金槌よりも一回り大きく、柄まですべて金属製。

そしてヘッドの部分にはすでにべっとりと血がこびりついている。

「ああ、この血かい？　獣人は足が速いから処分するのに苦労したよ」

「……！」

処分……？　処分しただと？

レギンはまったく罪悪感がないどころか、どこか誇らしげだ。

「あれ怒っているのか？　こうなったのもキミたちのせいだよ」

「なんだと？」

「だってそうだろう。君たちが騎士団の所有物を勝手にいじくりまわしたんだ。魔女に汚されたものなど処分するしかないじゃないか」

「ふざけるなっ！」

湧き上がる怒りの感情。

それに反応して、触手がレギンに向かって伸びる。

これまでよりも早く、コンパクトで鋭い一撃がレギンの顔面を捉える。

「グフッ！」

顔面を射たれた勢いで廊下の壁まで吹き飛ぶレギン。

触手から僕の右ひじにも強烈な反動が伝わってくる。

あまりに感情が昂《たかぶ》って、手加減はできなかった。

確実に歯の何本かは折れ、鼻も折れているはず。ヘタをしたら頭蓋が折れているかもしれない……。

やりすぎてしまったのでは……こちらがそう思うほどの一撃だった。

——のだが。

「っっ……お……ぁ……」

レギンがゆっくりと身体《からだ》を起こす。

「光……よ、我らを……照らせ、闇の隙間に。……女神の愛よ、真実を示せ、無知の海に」

レギンがぼそぼそと口ずさんでいるのは女神を讃《たた》える讃美歌。

曲がった鼻を手で強引に戻すと、どばどばと大量の鼻血が流れ落ちる。

「我が命は光と調和の中に在り、全て一つ。一つは全て……」

喉に流れ込んだ鼻血を床に吐き捨て、まったく構うことなく、甲高い声で歌い続けるレギン。

「地、火、風、水……我らが心と共に――――っ！」

突如、ダッシュするレギン。僕の頭めがけて金槌を振り下ろす！

「クッ！」

触手が半ば自動的に反応し、その一撃を弾く。

肘にズシンと伝わる重い痛み。

躊躇《ちゆうちよ》のない全力の一打。あれが当たれば頭蓋は陥没し、おそらく死ぬだろう。しかしレギンからはまったく迷いを感じない。

左右の金槌を手の中でくるくると回転させながら、変幻自在の連撃を繰り出す。

さらに一撃、角度を変えてもう一撃。

一撃、一撃に混じりっ気のない殺意が込めてハンマーを振るうレギン。

それを弾く触手に鈍い痛みが伝わる。

この距離はマズい！　連打で押し切られる！

僕は触手で床を突き、その反動で後方に大きく飛び、レギンの攻撃範囲の外に出る。

大きなバックステップ、その着地の直後。

「射ッ！」

すかさず全力の突きをレギンの腹部へ射ち込む。

下から上に抉《えぐ》るようにみぞおちを突き上げる。

レギンの身体《からだ》は浮き上がり、天井に直撃したのち、身体が床に激しく打ちつけられる。

手加減する余裕はなかった。

触手に残るイヤな感触。

固いものを砕いたような……おそらくは骨が折れた感触。

みぞおち近くのあばらか、それともみぞおちの裏の背骨が折れたか……。

地面に倒れたレギンの指がかすかに震えている。

「……ぉ……わ……ぇ……ぁが……は光と……調和の中に在り」

レギンが歌っている。

肺の中に残っていた空気をすべて吐き出すかのような途切れ途切れの言葉。

それは、徐々にしっかりとした言葉へと戻っていく。

「全て一つ……一つは全て………」

ゆっくりと身を起こすレギン。

立ち上がり、再び金槌を構える。

……もしかして不死身か？

「シオンさん、恩寵《ギフト》、自動回復、ランクA＋＋です」

「そのとおり、私の信仰心に一分の曇りもない限り、女神アスタルテは私に無限の生命力を授けてくださる。その汚物で何度私の身体を貫こうが、この身体を汚すことも、この命を奪うこともできない。好きなだけ突いて勝手に果てるがいい」

「うおおおおっ！　オッ射ァア！」

言われるまでもなく、すでに僕はレギンめがけて触手を繰り出している。

突きが無理なら締めつける。

粘液で滑らせレギンの身体に一周、二周とすばやく絡みつく。

ボキッ、ボキボキ！　ボッキ！

粘液を吹き出しながらレギンの身体を締めつける触手。

「愛よ、降り注げ、冷たき谷に。深き愛の流れよ。恐れを流せ」。

肋骨が折れ、激しく吐血しながら、金槌で触手を殴りつけるレギン。金槌の柄についたストラップを使って金槌を高速回転させ、腕の動きなしでも金槌を撃ち込んでくる。

「……っ！」

痛みで締めつけが緩む。

その瞬間。

レギンが拘束を脱し、僕へと突進、金槌を撃ち込む。

「ぐっ！」

左腕に激しい痛みが走る！

「運がいいな、鎖骨が折れて力が抜けた。次は殺すよ」

再度、大きく金槌を振りかぶるレギン。

そのときだった。

レギンの身体《からだ》が真横にずれる。

——!?

レギンの腰にしがみつく大柄な人の姿。

誰かがレギンにタックルを繰り出し、身体に取りついたのだ。

が、レギンをダウンさせるにはいたらない。

レギンは身体を預けるように足をつっぱり、タックルを受け止めると、そのまま後頭部に何度も金槌を打ち込む。

ゴッ、ゴッ、ゴッ!

嫌な音と同時に打たれた後頭部から脳みそが飛び散る。

が、突進は止まらない。

そのまま下半身にしがみついたまま前進する。

違う。あれは人じゃない。

——死体だ!

「なんか、苦労してるみたいじゃん」

扉の向こうから姿を現したのはシャンタル・マギー。

シャンタル・マギーがすっとレギンを指し示すと、後ろから次々と死体が乱入し、レギンに向かって突進する。

一体、また一体とレギンの身体に取りつく死体。

身体に取りつくや否や、レギンの金槌で滅多撃《めったう》ちにされるが、それでも止まらない。

五体、十体、十五体、押しつぶすようにレギンを取り囲む。

「わたしの力じゃ、アイツを倒せない。でもね……時間は稼いであげる。故フィル・アトキンス！　首、噛みちぎって」

シャンタル・マギーの命令でこれまで最も体格のいい死体が勢いよく飛び出す。

レギンを壁に押さえつける死体たちの背中によじ登り、レギンの細い首筋に喰らいつく！

「故フィル・アトキンスは若き政治家。教会による不正を摘発しようとして、拷問にかけられて死んだ。恨みは骨髄まで染みている」

アトキンスさんが頭を振ると、レギンの首の肉が引きちぎられる。

噴水のように噴き出す血しぶき。

「さすがっ！　手加減ゼロ！」

血を噴き上げながら仰《の》け反《ぞ》るレギン。

その首にもう一度、アトキンスさん、というかアトキンスさんの遺体が噛みつく。

が、その直後、アトキンスさんの遺体の頭に金槌が撃ち下ろされた！

ベコッと凹むアトキンスさんの頭蓋骨。押し出されるように眼球が飛び出る。

それでもレギンに嚙みつくアトキンスさんの遺体。

が、二度、三度と顎に金槌が撃ち込まれ、アトキンスさんの遺体は嚙む力を失い崩れ落ちる。

「実に汚らわしい夷能力《バグ》じゃないか」

レギンの首の肉は半分近く食いちぎられ、そこから白く気管が覗《のぞ》いている。

気管に刺さった前歯を払いのけるレギン。

「普通死ぬでしょ！　ったく。わたしの力と相性最悪なんだけどっ」

そう言いながら、シャンタル・マギーが僕をにらみつける。

つまり後は僕になんとかしてみろということか……。

でも、どうしたら……？　さっきの攻撃も手加減なんてしなかった。全力の攻撃でもレギンを倒すことはできなかった。

「問題ありません。シオンさんが倒しますから」

シスター・ソフィアが僕に代わって答える。

「へえ、面白いこと言うね」

僕に向かって蔑視のまなざしを向けるレギン。

「当然です」

ソフィアは自信満々の笑みを返すと、僕の首にそっと腕を回す。

「シオンさん、もう一段、深いところに進みませんか？」

耳元でささやくように話すシスター・ソフィア。

「もう一段深いところ？」

「その触手はシオンさんの精神の昂《たかぶ》りに呼応します」

僕もそれはなんとなく理解している。この触手は僕が怒れば怒るほど、興奮すれば興奮するほど、強くなる。

「だから、わたくしはシオンさんの心の奥に触れたいのです。もっと熱く、もっと強く感じたい……」

シスター・ソフィアの唇が僕の唇に重なる。

柔らかく艶やかな感触。

その感触で脳が真っ白になる。

そんな僕をまっすぐに見つめるシスター・ソフィアの紅い瞳。重なり合いお互いを焦がす三つの太陽。

やがて、その紅《くれない》は僕の心へと燃え広がる。

脳に直接描かれる炎の平原。

前も、後ろも、右も左も燃えている。

突如として真横で大きな火柱が上がる。

いや、違う。

あれは火柱ではない。人が燃えているのだ。全身を炎に包まれ身もだえする人間。ひとつ、またひとつと出現する火柱。柱に括《くく》りつけられた人間が次々と炎に巻かれている。

——そして僕の身体《からだ》にも。

息を吸い込むと、強烈な喉から胸に強烈な痛みが走る。熱風で肺が焼ける感覚。

——熱い、熱い、熱い！

全身が熱い！　心が熱い！

なぜだ？　なぜこんなことをする？　なぜこんなことをして笑っていられる？

——さあ呼び起こすのです。

秘めた怒りを　秘めた破壊騒動を　秘めた情動を——

シスター・ソフィアがそう言ったのか？　それとも僕がそう言われたと思い込んでいるのか。

——呼び起こすのです　本当の力を　迷いを捨て、確信するのです
貴方のその逞しい槍はどんな相手でも貫くことができるのだと！

そうだ……。ヤラなきゃ、ヤラれる。……だったらヤッてやる。

——ドクン！

僕の触手が強く波打つ！

腹の底から湧き上がる破壊衝動。

レギン、あんなヤツ許しておいてはいけない。他種族に一分の憐憫《れんびん》も持たない鬼畜。差別していいと思えば、どんな惨いこともできる冷酷さ。

あいつを倒す力が欲しい……。もっと早く！　もっと強く！　回復が追いつかないほどの速さで触手を射ち込んで――。

――グジュルッ！

突如、触手が裂けるように縦に真っ二つに分かれる！　と同時にその裂け目は直ちに修復され、それぞれ円柱状の形態へと変形。さらに二本になった触手がそれぞれ分裂し、倍増。四本の触手へと姿を変える。

粘液をしたたらせながら、うねうねと動く四本の触手。

回復が追いつかないほどの連続攻撃を望んだ僕の意思が触手の形状に反映されたということか……。

「ほほう。シスターといちゃつきだしたときは、てっきりお別れの挨拶《あいさつ》でもしているのかと思ったけど。どうもそうじゃなさそうだね」

レギンが頭を叩き割られながらも最後まで取りついていたフィルを身体から引きはがしながら、僕へと視線を移す。

「お前こそ、口が利けるうちに自分の葬式の祈りでも捧げてみたらどうだ？」

「ふふふ、生意気なこと言うようになったじゃないか。シスターにいいとこ見せたくなったのかな？　残念だけど、結果は――」

――ドッ！

鈍い音を立てて、レギンの腹部に僕の触手が突き刺さる。

続いて別の触手でもう一発。

さらに一発。もう一発。

――ドドドッ！

四本の触手による連撃！

一発目を喰らわせたのと同じ個所、右あばらに二度、三度と追撃を射ち込む。

「ぐはっ、くそっ！」

折れた肋骨が回復する前の追撃。

たまらずレギンが身をよじり、触手の攻撃をかわそうとする。

「逃がすかよ！」

――靡《ビッ》ッ！

一本の触手を鞭《むち》のようにしならせ足首にひっかける。

レギンがバランスを崩したところでさらなる追撃！

右から、左から、上から、下から。

四方から。息を継ぐ間もない圧倒的連打。

「がほっ、がはっ……我が命は……光と調和の中に在り……」

が、それでも回復しようとするレギン。

「うらあああああっ！」

一本の触手がレギンの首に巻きつき、身体《からだ》を吊り上げ、残りの三本が容赦なく腹を打つ。

「ガハアアァ……ぐぇ……っ……」

首を締めつけられ、もう詠唱もできない。

「信仰心がある限り回復し続けるって言ってたな？　なら、意識を吹っ飛ばしたらどうなる？

意識がなければ回復もできないよな？」

「ひっ………」

二本の触手で右腕と左腕を拘束。

レギンの顔にはじめて恐怖の色が浮かぶ。

「さあどうなる？　お前の肛門が回復できるか試してみようぜ！　雄らあああああああああっ！　挿らあああああああ！」

残った一本でレギンの肛門に向かって全力の一撃を射ち込む！

身体を拘束し、力の逃がしようのない状態からの全力の一撃。

さらに動きを止めることなく、顔面に一撃。

丸太のように太い触手が弧を描きながらレギンのこめかみを射ち抜く！

「ッ…………！」

力なくがくんとうなだれるレギンの首。

もう詠唱の声は聞こえない。

――ヤッてやった……。

…………。

いや……、ヤリすぎてしまったのか……。

先ほどの一撃に、心の熱量すべてを消費してしまったのか、急速に興奮が冷める。

興奮が消えてできた心の空洞を埋めるかのように動揺が湧き上がる。

まったく加減をしていない一撃。

レギンは触手の中でぴくりとも動かない……。

そんなレギンの元にシスター・ソフィアが歩み寄り、そっと頬に手を振れる。

「大丈夫。息はありますね。さすが聖蒼玉騎士団《せいそうぎょく》団長、タフですね」

「よかった……」

シスター・ソフィアの言葉と笑顔でようやく平静を取り戻すことができた。

「って、ことは、コイツ息吹き返したら、また回復するってこと」

シャンタル・マギーがいつの間にか僕の傍らで、レギンを見下ろしている。

「いえ、それはないでしょう」

シスター・ソフィアがきっぱりと否定する。

「なんで言い切れるのよ」

「シオンさんの最後の一撃を受ける前、レギンはすでに心が折れていました。シオンさんの力の前に恐怖していたのです」

僕の脳裏に蘇るレギンの引きつった顔。あれは間違いなく恐怖を感じていたはずだ。

「あの触手は神が与えてくれた自分の能力を超えている。レギンはそう感じ、おびえてしまったのです」

「それがなんなのよ？」

「信仰とは神を信じる心の力です。あのとき、彼は神を疑い、心が折れてしまっていました。回復しても再び恩寵《ギフト》が使えるようになるのか疑問です」

シスター・ソフィアはきっぱりとそして誇らしげに言う。

「マギーさんもお疲れさまでした。陽動だけではなく、最後は助太刀まで。助かりました」

「別に当然だし」

「マギーさんの夷能力《バグ》はレギンのようなタイプには向いていないのに、無理させてしまいましたね」

「わかってるじゃない、シスター、そのとおりよ」

シャンタル・マギーは話の途中で突如として振り返り、僕を睨《にら》みつける。

「あんたも、ちゃんとわたしのパンツ見た分は働いたみたいね」

「いや、その……ありがとう、助かったよ」

実際、シャンタル・マギーのおかげで触手を召喚できた。

「お礼言うのやめて！　あれはシスターが勝手にやったんだから」

「まあ、でも、お世話にはなったから……」

「だから、その言い方。わたしはお世話してないから！」

シャンタル・マギーは真っ赤になった顔をプイッと背ける。

たしかにちょっと語弊のある言い方だった……。でも僕の能力が思いっきり語弊のあるタイプなのだから仕方がない。

「でも、まあ……はい」

シャンタル・マギーが僕に向かって手を差し出す。

「え？」

「ま、ド変態にしてはまあまあやるじゃん」

「ど、どうも」

正直、そんな褒められ方をしたのは生まれてはじめてだ。

「しょうがないから、仲間として認めてあげるって言ってるの」

早くしろと言わんばかりに、右手を突き出すシャンタル・マギー。

「あ……、うん」

僕は慌てて差し出された手を両手で握る。僕の手のひらにシャンタル・マギーの華奢《きゃしゃ》で小さな手がすっぽりと収まる。

「あくまで仲間だからね。触手ムクムクさせないでよ」

「しないって！」

「あたしは本当に生きてる男には興味ないの！　仲間ね、勘違いしないで」

そう言うと、またプイッとそっぽを向いてしまう。

生きている男には興味ない……。身持ちが固い感じをアピールしているようで、逆にとんでもない癖を公開しちゃってる気が……。

「おふたりが仲良くなったようでなによりです。同志の信頼関係を深めるのも、この任務の目的のひとつでしたから」

僕とシャンタル・マギーのやり取りを見守っていたシスター・ソフィアが満足げに頷《うなず》く。

任務……。目的……。

そういえば、獣人の女の子ナナゥは？

戦いの中ではまったく確認できなかったが、無事だろうか？

もしかして、戦いに巻き込まれて……。

「……にゃ?」

レギンによって作られたバラバラ死体の山、その中からナナゥがぴょこんと顔を出す。

「にゃにゃっ!」

周囲を確認して、安全を確認すると、勢いよく死体の山から飛び出した。

血まみれ、かつ臓物まみれで満面の笑み。

「ありがとにゃっ!」

ナナゥは獣人らしいバネでぴょーんと跳躍すると、僕の胸に飛び込む。

結果、べっとりとへばりつく、臓物と血液。

「……ぶ、無事でよかった……」

思わず顔が引きつる。

「さあ、皆さん戻りましょうか。ナナゥさん、おばあさまが待っているはずですよ」

シスター・ソフィアがナナゥに視線を合わせ優しく話しかける。

シスターらしい慈愛に満ちたふるまい。

しかし、一方で僕の引きつった顔には気づいていないのだった。

◆

僕たちがシスターと魔女たちの隠れ家である廃教会に無事帰還すると、廃教会は喜びに包まれた。僕たちの無事を喜ぶ魔女たち。そしてなにより孫娘との再会を喜ぶおばあさんの喜びようは格別。ナナゥも全身で喜びを表現する。おばあさんの胸に飛び込み、頬を何度もこすりつける。見ているこっちの心も温かくなる。

「ささやかながら」との前置きで提供される夕食は前置きに反して随分と豪華だった。

大きな塊肉が焼かれ、それ以外の副菜もバリエーション豊か。廃教会でこんなものを出されると、これはなにかしらの幻術で見せられている光景で、明日になれば教会ごと消えているんじゃないか……、そんな気がしてしまう……。

が、実際のところは、まごうことなく本物の食事。信者たちからの差し入れらしい。

要するに、シスター・ソフィアを信奉する人間がそれなりの数がいるということだ。

「悔しいけど、あいつのあれ、すごかった」

シャンタル・マギーが今回の救出劇の感想を聞かれて、僕には視線もくれず黙々とナイフで肉を切りながら応える。

「マギーにそこまで言わせるってすごいじゃん」

「実際にたまたま現れた騎士団長、やっちゃったのはすごいよー」

シャンタル・マギーと仲良く話しているのは、たしか赤錆《あかさび》の魔女モルガナと葬火《そうか》の魔女メリダ。どうやら三人は仲がいいらしい。

ルーナは話に加わらず、肉をちょこちょこつまみながら酒ばかり飲んでいる。

ほかの魔女たちも各々勝手に話し、食べている。

自由な食卓だった。

最初に神に感謝した以外は作法もなにもない。ある者は楽しそうに話しながら、ある者は無言で黙々と食べる。おそらく食べたくない者はここに顔すら出していないはずだ。

「シスターが処刑場から救出するって言ったときはびっくりしたけどさー、これ認めるしかないよねえー」

気まぐれで会話に加わるルーナ。またこれも自由だ。

「ルーナは思いっきりヤラれちゃったしな」

ケラケラと笑うメリダ。

「あれはさ〜、あんま酒入ってなかったから、本気出したら、もーすこし、やれんだからね」

にへへと笑いを返すルーナ。

邪教と称される宗派に集う魔女の食卓――。

敬虔《けいけん》な正教会の信徒からしたら卒倒するような場にいるのだが、これまで寡黙《かもく》なおじいさんと二人きりの食事が常だった僕にとって、こんなに賑やかな食卓ははじめてのこと。

素直に楽しいと感じる。

不思議な居心地の良さを感じながら、僕はささやかな夕食を楽しんだ。

夕食後、満腹と疲労で重くなった身体《からだ》を引きずるように歩き、僕は自分の部屋へと戻り、即座にベッドへと身を投げ出す。

シスター・ソフィアが掲げる、教会の現体制の打破。

荒唐無稽な話だと思っていたが、従う魔女たち、そして少なからず存在する支持者たち。

もしかしたら、まったく不可能な話ではない気がしてきた。

事実、僕たちは教会付属の矯正院《きようせいいん》を襲撃し、囚われていた女子を開放した。

しかも、駆けつけた教会付属の騎士団長を倒して……。

僕はベッドで仰向けになりながら、普通の腕に戻った右手をじっと見つめる。

まだ拳《こぶし》にジンとした熱が残っている気がする。

そして唇にもかすかな熱が。

あの力を引き出してくれたのはシスター・ソフィアだ。

いや、力というよりは衝動のほうが正しい。

僕の心の奥底に眠っていた強い破壊衝動。それを優しくつまみ出し、大きく膨らませたのだ。

自分の中にあんな攻撃的かつ卑猥《ひわい》な感情が眠っているとは……。

信じたくなかったが……。

しかし、その衝動の力でナナゥのような虐げられている人を救えるかもしれない。

ここが僕の居場所なのかもしれない。

そう思っていたときだった。

——ズキン！

突如、右腕に鈍痛が奔《はし》る。

骨に響くような重い痛み。まるで筋肉の内側から骨をハンマーで殴られているかのような、これまでに体験したことのない嫌な痛みだ。

ズキン、ズキンと脈打つようにリズムを刻むように骨に痛みが響く。

しかも、痛む箇所が増えている。

肘から広がり、肩、指先まで……。

「ぐうううっ！」

あまりの痛みにうめき声が漏れる。

「はぁっ！　くはっ！」

もはや、痛みは腕を超えて背中に侵食を始めている。

まともに呼吸が……できない。

これは……どういうことだ。なにが起こっているんだ……。

僕は……死ぬのか!?

自然にその思いが出るほどの痛み。

「ぐうあああああっ！」

痛い。そして腕が重く、冷たい。

ベッドの中でうずくまるが、どれほど身を屈めても痛みは治まることはない。

誰か……この痛みを……。

「大丈夫」

聞きなれた声。

シスター・ソフィアだ。

「う、うで……が……」

「心配ありません。力をたくさん使ったからその反動が出ているだけです。怪我をしているわけでも、後遺症が残るわけでもありません」

シスター・ソフィアが僕の目を見つめる。

いつも着けているウィンプルと呼ばれる髪隠しを外している。艶やかな金髪。

頭がぼおっとしていることも相まってとても幻想的だ。

「で、でも、すごく……痛い……」

「少し人肌で温めましょう」

シスター・ソフィアはそう言うと、円紋《えんもん》のペンダントを外し、するりと修道服を脱ぐと、僕のベッドに入ってくる。

僕を背中越しに包み込むように抱くと、僕の右腕に手を回す。

冷たかった右腕に柔らかな温もりを感じる。

「大丈夫、明日になればきっと痛みは引いていきます」

そっと髪を撫《な》でるシスター。

「でも……本当に痛くて……」

シスター・ソフィアがベッドに上がり、添い寝すると僕を背中から抱きかかえる。

「好きなだけ、叫んでください。痛みがなくなるまで。わたくしはこうしてますから」

背中に感じるシスター・ソフィアの柔らかな身体《からだ》。

「シスター……僕は……どうなって」

「大丈夫、なにも問題ありません。これは眠っていた本当の力を引き出したための痛み。いずれ身体に馴染みます」

シスター・ソフィアがぴたりと僕の背中に身体を合わせる。

いまだに右腕は脈打つたびに激しい痛みがあるが、しかし、不安な気持ちは少し和らぐ。

大丈夫。シスターが言うならきっとそうだ。これは今だけのこと……すぐに良くなる……。

シスター・ソフィアの言葉を反芻《はんすう》するように自分に言い聞かせる。

そうしているうちに徐々に痛みが弱くなっていく。

「シオンさんにはわたくしがついています。シオンさんはわたくしの宝。この世界を変える方。決して壊させはしない。決して誰にも渡さない」

痛みが和らぐにつれて、その隙《すき》をつくように僕の身体《からだ》に眠気が入り込む。

「シオンさんもあの触手もわたくしのもの。誰にも壊させはしない」

シスター・ソフィアが僕の首筋の汗を拭いながら耳元で囁《ささや》く。

しかし、その言葉が現実のものだったのか、夢の中での言葉だったのか、もう判別する力は残っていないのだった。

# 4　痴女と触手

——翌朝。

目を覚ますと右腕の痛みはウソのように消えていた。腕がなくなってしまえばいいとさえ思うほどの激痛がまるで夢だったかのようにきれいさっぱりなくなっていたのだ。

「よかった。たった一晩で完全に回復するとは、さすがはシオンさんです」

食堂に出て、そのことを告げると、シスター・ソフィアはほっと安堵《あんど》の笑みを浮かべる。

「お腹は空いていますか？　朝ごはんにしますよね？」

テーブルにつくと、すぐにシスター・ソフィアがパンとスープを用意してくれる。

そのまま、僕がスプーンを手に取るのをしげしげと見つめるシスター・ソフィア。

「手は問題なく動きますか？　不安でしたら、わたくしが食べさせてさしあげます。ふーふーあーん、しましょうか……？」

「い、いえ、もう大丈夫みたいですので」

気恥ずかしさで、シスター・ソフィアの提案を断り、大皿と鍋で用意されていたスープとパンを自分で給仕する。

もしこれが二人きりであれば、せっかくの提案だ。「ふーふーあーん」してもらったかもしれない。しかし、食堂には僕たち以外にルーナの姿があったのだ。さすがにちょっと人目が気になる。

「聞いたぞー、シオン。なんか、昨日の夜、大変だったらしいな」

僕の姿を見つけると、にへへと笑うルーナ。

笑顔も緩いが、ルーナの寝巻はさらに緩い。

薄い布、緩い襟。まさに着心地重視の服装で胸の谷間がチラチラどころではなく、見えてしまっている。

シスター・ソフィアが昨夜、僕の右腕について起こったことを語って聞かせると、ルーナは多少神妙な顔つきになり話を聞いていたのだが……。

「なるほどー、要するにあれかー、賢者タイムってヤツ？」

賢者タイム!?

「あれだろ、男はあれを使い終えたあとに、急激にすーんってなるんだろ？　それが強めに出たって感じ？　だから大賢者タイムかー」

ルーナ、神妙な顔でどういう風に聞いていたんだ……？

「手は完璧に動くのか？　動かないなら。あたしがふーふーあーんしてあげよっか？」

ゆるゆるの服装で僕に向かって身を乗り出すルーナ。

「いえ。ご心配なく……」

僕の返答など聞いておらず、ルーナは勝手に自分の朝食を持って、僕の隣の席へと移動する。片手にはパン、片手には麦酒。

「……朝から大丈夫ですか?」

「ああ?　これー?　大丈夫、大丈夫～、麦酒は水みたいなもんだよ」

いかにも酒飲みらしい言い訳をしながら、実に美味そうにぐびっぐびっと麦酒を流し込む。

ぷはぁ!　と大きく息を吐きだすルーナ。

「そうだシオン、右手がもう大丈夫なら、次はあたしと一緒にやらないか?」

「な、なにをですか?」

「あたしとリアナでちょっとした任務があるんだけどさー、ね、借りていいよね、シスター」

ルーナは新しく焼けたパンを運んで来たシスター・ソフィアに声をかける。

「仕事を手伝いながら、アレの使い方覚えてるんだろ?　あたしたちのも手伝ってよ」

魔女の仕事を手伝いながら触手の使い方を学ぶ。それがシスター・ソフィアと交わした約束でもある。

「そうですね……。うんっ!　たしかにちょうどいいかもしれません」

シスター・ソフィアはしばし考えたのち、胸の前でぱちんと手を叩く。どうやら、なにかがちょうどよかったらしい……。

「シオンさん、前回はマギーさんの刺激だけでも触手を出せましたよね」

「は、はい」

「次は、完全にわたくしなしでお仕事してみませんか？　いつまでも付きっ切りというわけにもいきませんから」

たしかに矯正院《きょうせいいん》への突入前、罵倒パンツの力を借りて触手を出すことに成功した。しかし、結果的にはそれだけでは力不足で、最終的にはシスター・ソフィアの口づけの力でレギンを退けることができたのだ。そして、その反動であの激痛……。

正直、まだ自分の力のコントロールに自信が持てない。

「まだまだシオンさんの触手は不安定。力が強すぎたり、弱すぎたり、まずはそのコントロールを学ぶべき、そう思いませんか？」

「……そうかもしれません」

「考えてみたところ、ルーナさんとリアナさんにお願いしているお仕事がぴったりだなと思ったんです。ちょうどよかった」

「……それで何をすれば？」

「星見《ほしみ》の儀《ぎ》に潜入して、慈霊酒《じれいしゅ》を盗み出してもらえます？」

「はあ？」

僕は思わず拍子抜けした返事をシスター・ソフィアに返してしまう。

慈霊酒……。

星見の儀で使用される清めの酒。そんなありふれたものを盗んでどうするんだ？

僕のぽかんとした顔を見て、シスター・ソフィアは僕の脳裏に浮かんだ疑問をなんとなく察したようで、いたずらっぽい笑みを浮かべる。

「やはり気になります？」

「一応、この前は人助けだったので……」

教会が管理する娼館の襲撃は犯罪行為には違いないが、正義はこちらにあると思えた。

しかし、今回は単なる盗み、邪教の一員となった身ではあるが、やはり単なる悪行には抵抗がある。

「安心してください、これも正しい行為です。むしろこちらの任務こそ最終的に多くの人を救うことができるはず。それに――」

シスター・ソフィアは僕に顔を近づけると、

「シオンさんを真実へと導くはずです」

謎めいたことを囁《ささや》く。

――真実っていったい？

僕がそう尋ねる前にシスター・ソフィアはくるりと身をひるがえし僕から離れてしまう。

「作戦について話しましょう、みなさん、わたくしの部屋にどうぞ」

シスター・ソフィアに僕とルーナを部屋に招き入れると、早速本題に入る。

「御存じのとおり、星見《ほしみ》の儀《ぎ》は王国の主要都市を巡回する形で、月に一度、行われます。そして今回の開催地はロシュフォートの大教会、第六教区ですね」

シスター・ソフィアはそこまで話すと、机の上の書類をあれやこれやとひっくり返して、なにやら探し始める。

「あれ？　ここに置いたはずなのだけど……おかしいですね」

さがすこと数分。結局一番前の書類の山の中から目的のものを見つけ、それを僕たちに広げて見せる。

「これが協力者によって提供されたロシュフォート大教会の極めて詳細な見取り図です。神官たちのたちの私室の部屋割りまで書かれている機密文書ですよ」

自分はそれを失くす寸前だったクセに誇らしげに言う。

しっかりしているようで、意外とがさつなところがあるようだ。

「シオンさんにはルーナさんとリアナさんと一緒にロシュフォート大教会の中央聖堂に侵入していただきます」

シスター・ソフィアは見取り図の中央上部の建物を指さす。

周囲の建物の何倍もの面積を占有しており、見取り図の上でも巨大な建造物であることがうかがえる。

「普段から警備は厳重なのですが、星見の儀当日はさらに輪をかけて厳重になるはずです。内通者によると衛兵の数も二倍に増えるとのこと」

「ま、何人いても、見つからなきゃ一緒だねー、バトルはなし。よゆー、よゆー、簡単な軽作業ってとこだよー」

ルーナがのほほんとした口調で付け加える。食堂から移動しても麦酒が入ったカップを持ったままだ。

教会への潜入……バトルもなし……。

たしかに前回の荒っぽい仕事とはずいぶんと毛色が違うようだ。

「シオンさんにはこの任務を通じて攻撃手段以外の触手の使い方を学んでいただきたいのです」

矯正院《きょうせいいん》での戦いでも、触手をロープのようにバルコニーに絡めて一気に二階に上がったりと触手を移動手段として使った。たしかに触手の使い方はまだまだ可能性がありそうだ。

「それでリアナさんというのは?」

「スニークの魔女、リアナ・ケリー。我が教会の魔女のなかでも飛び切り素敵な夷能力《バグ》の持ち主です」

シスター・ソフィアが自分のことのように誇らしげに答える。

「スニーク……の魔女」

「はい。自らの気配を完璧に消すことができます。自ら動かない限りは剣の達人でも察知不能。教会も恐れるレアかつ強力な夷能力《バグ》です」

「気配を消す能力……たしかに、使い方次第ではすごいことができそうですね」

「……ありがとぅござぃ……す」

かすかに聞こえる。蚊の鳴くような声。

声に振り向くと、開け放たれているドアの片隅にひとりの女の子が立っていることに気づく。

どうやら、彼女がリアナのようだ。

透明感のある青を基調としたドレス。袖口は広く広がっており、異国情緒を感じる。他の魔女に比べたらずいぶんと明るい色調。

髪にもドレスと同じ系統の青で統一されたリボンをあしらい、それもすごく似合っている。

にもかかわらず……。

僕はその存在にまったく気がつかなかった。

入り口付近とはいえシスター・ソフィアの部屋は広くはない。大きな本棚のせいでむしろ僕の部屋より狭いくらいだ。

「さすがスニークの魔女。完全に気配を察知できませんでした。すばらしい能力ですね」

「なにも……してない」

不満そうにぼそっとつぶやくリアナ。

「シオンさん、夷能力《バグ》使っていませんよ」

「は？」

「リアナさんは食堂から一緒に居て、わたくしの部屋にも一緒に移動しましたよ」

「えっ⁉」

「いつもそう……隠れてないのに……」

ものすごくしょんぼりしているリアナ。

「失礼しました！　はじめまして、シオンです」

「………………」

「おーい、リアナとはもう何回も会ってんだろー」

ルーナが僕の肩をバシバシと叩く。

「うわあぁ！　ごめんなさいっ！　そ、そうでしたか」

「あたしとの腕試しの時もいたし、昨日の夕ご飯でも一緒だったよなー」

こくこくと頷《うなず》くリアナ。

「悪気はないんです！　本当に、他意はなくて」

「……いつものことだから」

「本当にすみません、環境に慣れてなくて、注意力がなかったのかもしれないです」

僕もそれなり影が薄いほうなので、この申し訳なさが肌身にしみて必死に取り繕う。

「シオンさん、見てみますか？　リアナさんのスニークの夷能力《バグ》」

「いえ！　次の機会にちゃんとした環境で改めて」

このタイミングでそれを提案されたら断るしかないじゃないか！

通常状態で気づかなかった人間の気配を消す能力を見て、「わっ、気配が消えた！」はない。むしろ馬鹿にしている感じが出てしまう！

「……どうしてだろう。なにしてても……気づかれない」

ぼそぼそと自問自答するように話すリアナ。

理由は僕にもわからないが、なんとなく自分にも近い部分があると感じる。

なぜか不思議と忘れられちゃうタイプ。リアナはそのタイプなのだ。

たとえば料理屋でご飯を注文してもなぜか自分の分だけ忘れられてしまったり、普段は約束を忘れない人が自分の約束に限って忘れてしまったり。

見えている、見えていないではなく、不思議と人の意識の外に出てしまいがちなタイプ。おそらくそれだろう。

「まーいいじゃん。気にすんなって！　とりあえず、食堂に戻って、いっしょに飯食べて仲良くなろーぜー」

ルーナが持ちっぱなしの麦酒の入ったカップを高々と掲げる。

今はルーナのユルさがひたすら心強かった。

◆

ロシュフォートの大教会――。

僕たちのいるクロイスブルグの街近辺で最も大きな教会だ。

市街地から少し離れたところに位置する丘すべてが教会の敷地になっており、中央聖堂、修道院、宝物館、庭園、迎賓館、学校、そして孤児院。いくつもの施設が並び、教会内だけでも小さな村ほどの規模がある。

僕たちの目の前には神聖なる教会と俗世を隔てる巨大な門。その周囲は三メートルはあろうかという巨大な壁がぐるりと敷地を囲っている。

ルーナとリアナは与えられたメイド風のいでたちに着替えている。黒のロングスカートのワンピースに白のエプロン、メイドの中でも地味な服装で教会のお堅いエライさんについている世話係という設定だ。ちなみに僕はというと、牧草を運んできた農夫の姿。

要するに教会の敷地内で見つかっても、怪しまれにくい服装ということだ。

「おい、見ろよ。あれー」

教会の門の前はちょっとした広場になっており。その中央には巨大な女神アスタルテの像が建っている。珍しくベンチに身体《からだ》を横たえている女神像。

「くつろぐ女神像らしいです。人間の立ち入れない神域で自然と触れ合い、調和を愛する姿だとか」

僕は女神像の台座のプレートに書かれていることをそのまま読み上げる。

「違うよ、あそこ！」

ルーナが指さしていたのは、女神像ではなく、その脇に建てられた立て札だった。

**【賞金首〝淫獣憑《いんじゅうつ》き〟シオン・ウォーカー】**
**この者は卑猥《ひわい》かつ醜悪なる触手を操り、婦女子を次々と襲うアルローン派の魔女である。**
**性格は狂暴かつ残忍。見つけ次第、冒険者ギルド、もしくは教会に報告すること。**
**情報提供者には報せの重要度により最大五統一銀貨。生死を問わず捕縛したものには最大三統一金貨を支払う。**

お尋ね者になってる！　しかも、ふたつ名が魔獣憑きから淫獣憑きに……。

「捕まえれば統一金貨三枚だって。シオン、お高いねー、お姉さん、捕まえちゃおうかなー」

ルーナがからかうような口調で言う。

「冗談はやめてくださいよ。なんだよ、狂暴かつ残忍って……むしろおとなしいのに」

「でもさー、普段はおとなしいけど、ヤルときはやばいよねー。あたしがヤラれたときもやばかった。もう目、バキバキだったし」

それはまあ否定できない点もあるけど……。

とにかく僕はお尋ね者であり、この辺りをうろうろしていると捕まるということだ。

すでに門を警備する衛兵が、警戒心たっぷりの目で僕たちを見ている。

これ以上ここにいるのは危険だ。

「とりあえず移動しましょう」

「おっけー、じゃ、潜入ポイントに向かうかー」

ルーナを先頭に門の前から離れ、壁沿いを進む。

丘全体をぐるりと囲む壁。その中でも特別人目につかない場所をシスター・ソフィアがあらかじめ選定してくれている。

「この辺りから潜入して、中に入ったらいったんスニークで隠れよっかー」

「スニーク……」

この前、気まずくてスニークの能力を見せてもらうことを遠慮したために、まだその能力を見せてもらっていない。

「リアナのスニークは全ステータスをゼロにする代わりに、一切誰にも見つかんなくなんの。リアナに触れている物、人間もいっしょにね。そうじゃないと服だけ見えちゃうからさー」

「実際やってみせるのがわかりやすいよねー、リアナお願い」

ルーナがリアナの肩にそっと触れる。

――ふたりの姿が完全に消えた。

いや、実際には消えたと認識したのは、ふたりの姿が再び現れたのちのこと。

それまでの間は存在そのものを忘れた。見えない、聞こえないどころではない、ふたりのことを頭の中で考えることすらできない。

「で、こうやって動くと見えちゃう」

突然現れるふたり。ルーナが僕に向かって手を振っている。

「ステータス……ゼロが条件なので……動こうとすると……解除されちゃう」

リアナが誰に言うでもなく、ぼそりと言葉を発する。

ステータスすべてがゼロ、つまりアジリティもゼロ。ということは一歩も動けないということ。

「消えてるっていっても本当はいるから、たまたまそこに石とか飛んできたらフツーに当たるし、防御力ゼロで石に当たると、死ねるよー」

なぜか楽しそうなルーナ。

とりあえず、リアナの能力は理解できた……。

スニークの威力は強力。見つかる、見つからないの範疇《はんちゅう》をはみ出ている。が、運用が極めて難しいのは明白。

「頑張って行けるところまで侵入して、見つかりそうになったらスニークで隠れる。それを繰り返す感じだよねー」

作戦は理解した。とはいえ、ここは教区で最も大きな教会。

かなりの数の警備の人間がいるはず。そう簡単には――。

「お前ら、ここでなにをしている!?」

早速、見つかった！　先ほど門の前にいた衛兵のひとりがこっちに小走りで向かっている。

どうやら、僕たちが怪しいとみて、追って来ていたようだ。

どうする……？　リアナのスニークなら、今は隠れて、いったんやり過ごすことができるが。

「おりゃああ！　峰打ちじゃあああ！」

鞘《さや》のまま刀を構え、躍りかかるルーナ。

相手に反撃の間を与えず、めった打ちにする。これは峰打ちではなく鞘打ち……。

何度目かの攻撃が頭に直撃し、動かなくなる衛兵。

「やべー、やべー、びっくりしたなー」

持参の強零酒《ストライクゼロ》の入った水筒をグビリとやり、ひと息つくルーナ。

なんとかなった雰囲気で話しているが、危なっかしすぎる。

なんとか事なきを得たが、それでも油断は禁物だ。

「……壁を越えないと……すぐ次……来るかも」

リアナの言うとおりだ。僕たちを尾行していたのが一人とは限らないし、単純にここが衛兵の巡回ルートである可能性もある。

「シオン、触手出せる？　さっさと壁、越えちゃおうぜー」

ルーナが僕にせがむ。たしかにここには長くいるべきではない。しかし……。

「そんな急に触手が出せるわけじゃ……」

触手の召喚には興奮状態になることが必要。すぐ出せと言われて、ひょいひょい出せるものではない。

「あーそっか、興奮しないとだよな」

「すみません……そういう仕様でして」

「そっか、そーだったよなー、じゃ、ちょっとつき合えよ」

ルーナはメイド服が汚れることを気にする様子もなく、壁際でどっかりとあぐらをかき、強零酒《ストライクゼロ》をぐびりとやる。

「なにをやってるの？」

「こっちもさ、多少気持ちが盛り上がらないとサービスしづらいだろー、いいから座れよ」

僕を隣に座らせ、楽しく飲むことしばし。

「なー、もっと近く来なよー」

ルーナは僕の首に手を回し、グイッと引き寄せる。

強零酒はかなり強い酒らしく、早めに出来上がりつつあるルーナ。

「あの、大丈夫ですか、今後の作戦に差し支えないですか？」

「これも作戦だろー」

ルーナはそのまま僕の頭を両手で抱えると、胸の中にぎゅっと抱きしめる。

僕の顔が豊満な胸の谷間の中へと埋没する。

「――な!?」

両頬に伝わる、ふっくらとした弾力。

「どうだ？　エルフのわりには乳、大きいだろー」

「ていうか、そういう問題じゃ……」

「にひひ、照れんなって」

「い、いや」

「ほらーもうちょっと下、その辺に乳首あるぞー、吸っとく？」

なんて雑な！　そんなんじゃ触手は出せ――。

――ムクムクゥウンッ！

魔女の一員になるまで女性との交流ゼロの僕には十分すぎる刺激。

僕の右腕が一気に触手へと姿を変える。

「若いって素敵だねー♡」

からかうような目で僕を見るルーナ。

悔しい……。触手の召喚には成功したのに……。酔っ払いエルフお姉さんにきっちりハマれた自分が悔しい……。

が、今はそんなことを考えている場合ではない。すぐにこの場から脱出しないと。

僕は現れた触手を壁の先へと伸ばす。

ぐんぐん触手を伸ばし、壁を越え、その先の木の枝へと触手を絡ませる。

これまでの経験で学んだのだが、僕の触手は伸ばせば伸ばすほど細くなり、それに比例して、パワーと耐久力が減少する。

今の長さは十メートルほど、まだ十分な牽引力と耐久力を保てる長さだ……。

「ふたりとも僕に抱きついて！」

矯正院《きょうせいいん》を襲撃したとき、二階にいる相手を狙って触手を伸ばして引きずり下ろした。

あのときの感触から察するに、三人分の体重をいっぺんに引き上げることができるはずだ。

「もっと身体《からだ》をよせて！」

僕は荒々しくふたりを抱き寄せる。

「触手……出てるときのシオン……なんか男らしい」

「そー、なんか急に変わるよなー」

ふたりが胸の中でなにか言ってるが、構ってる暇はない。

「触手で固定するよ」

僕は触手をぐるりと回し、ルーナとリアナの身体に巻きつける。

「うへーっ！」

粘液に身もだえるルーナ。

構うことなく、ふたりを抱えながらゆっくりと触手を縮める。

大丈夫だ。十分に荷重に耐えられる。

ゆっくりと二人を壁の上まで引き上げ、今度は逆に触手を伸ばしながらゆっくりと壁の内側へと着地する。

「やっぱ便利なチン――触手だね」

非常によくない言い間違いをしかけたのはともかく、ルーナの言うとおり、思ったより使い勝手がいい。さっきのように自分の身体を牽引すれば、ちょっとネバネバするけど移動手段になるし、触手には回復力があるため、身体に巻きつければ、ある程度は防御手段にもなるだろう……ネバネバだけど。

「あ……服が…………」

リアナは自分の脇腹付近を見つめながらぼそりとつぶやく。

「気をつけなー、そのネバネバ、布が溶けるぞー、見ろ、あたしもヘソ出しになっちゃったー」

ルーナとリアナは目立たぬように大きなエプロンのついたリネンのメイド服を着用していたのだが、お腹の部分が溶け、ヘソが露出してしまっている。

リアナのメイド服はさらに大きく溶け落ち、脇腹から胸の下の部分がごっそり消え、下乳がちらちら見え隠れしている。

地味なメイド服なのに下乳を露出。なんだかアヴァンギャルドなスタイルになってしまった。

それにしても、こうして改めて見ると、リアナはすごいプロポーションの持ち主だ。背が低いためか、全然気がつかなかったが、溶けたメイド服からのぞく下乳は美しく見事な半球状。

背は低く顔は地味、巨乳で存在感は皆無、ある意味すごい逸材な気がする……。

「………」

リアナは服が溶け露出してしまった脇腹をじーっと見つめている。

やはり、突然こんな格好になってしまって相当なショックを受けているようだ。

「ま、気にすんなって、今回のミッションは見つかんないのが大事、誰にも見られなきゃ、恥ずかしいとかないしー」

ルーナはリアナの肩をぺしぺしと叩いて励ますが……。

「……これ……すごく……いい！」

むしろリアナは気に入っていた！

「はぁ……もっと溶けたら……どうなっちゃうんだろう。この姿を見られたら……」

なぜか恍惚《こうこつ》の表情を浮かべているリアナ。

「そーだった、リアナって、存在感ゼロなぶん、見せたがりなんだよなー」

「うん……見られると興奮する……」

しっかりと頷《うなず》いて肯定するリアナ。

「存在感なさすぎの反動だよなー気の毒になー」

いったいなんの話をしているんだ……。

「あの、ふたりとも、任務を頑張りましょうね」

すでにここは教会の敷地内だ。

油断していられる場所ではない。

「わかってるよー、ここからきっちり気合入れるから。あたしはねー、プロだからね、本番ってなったら、切り替わるからさ、まかせてよー」

ルーナは僕の尻をパチンと叩いたのちに、ここからは本番モードだときりりとした顔を作って見せる。

が、切り替わるのがギリギリ遅かった。

曲がり角の向こうから僕たちを怪訝な顔で見つめている衛兵がふたり。

「なんだ貴様!?　その服装、売女か?」

「うおおおおっ！　やべええ、峰打ち、峰打ちっ！」

またしても鞘《さや》のまま、衛兵を何度も打ち据える。

衛兵としては突如、妙な服装の女とばったり遭遇し、なんだかわからない状態からの急襲。

なす術もなく地面に倒れこむ。

「うおー、びっくりした……強零《ストゼロ》もう一本入れとくか！」

ルーナは腰に下げた水筒を手に取りグビリと飲み干す。

グビリじゃないよ……。

ルーナは酔えば酔うほど剣の腕が冴えるが、当然ながら判断能力は飲めば飲むほど落ちる。

道中はちびちびやっていたが、どうやらだいぶ仕上がっているらしい。

僕たちのリーダーとしての役割は期待できそうもない。

「教会内の地図、見せてもらえませんか？」

こうなったら僕が率先して動くしかない。

中央聖堂は丘の頂上に位置し、現在いる丘の麓付近からまっすぐ大通りが伸びている。道順自体はまったく難しくない。ただし、誰にも見つからないように進むとなると話はまったく別。

むしろこの大通りは避けて通りたい……。ここは……。

「屋根伝いに行きましょう」

僕は酔っ払いに代わってルートを提案する。

一度触手で屋根に上がって、そこから屋根を伝って進めば、人目につくことなく移動することができるはずだ。

「いいねえー、頼りになるー！　頼りになるじゃゃーん」

そう言うと自ら僕の身体《からだ》にしがみつくルーナ。

触手で屋根まで運べということだ。

僕は再びルーナとリアナにぐるりと触手を回したのち、屋根へと伸ばす。

音もなくするすると……、と言いたいところだが、若干ねちゃっとした音を立てながら、ぬるぬると触手を伸ばし、ガーゴイルの屋根飾りへと絡ませる。

建物は四階建て、ゆっくりとふたりを引き上げる。

そこから屋根をそっと移動して、今度は隣の修道院の屋根へと触手を伸ばす。

「これを伝って渡ってください」

横の移動はロープのように張った触手を伝って移動してもらうしかない。

「あんまヌルヌルだと滑って落ちそうになるなー」

ルーナは両手両足を触手に絡みつかせながらゆっくりと前進する。

地上四階に張られたヌルヌルのロープを渡る、これはかなり肝が冷える作業だ。

「シオン、だから、あんまヌルヌル出すなってー！　空を見ろ！　自然の美しさとか、そういうの考えろ！」

そう言われても、抑える方法もわからないし、むしろ触手を半裸のエルフの胸と足に挟まれているせいで、ヌルヌルが増量している気すらする。

それにしても、だらしないエルフお姉さんによって引き出された今回の触手、これまでよりも耐久力がある気がする……。これまで一番長い時間触手を出しているが、まだ肉体的な疲労感はない。

精神的にもシスター・ソフィアに引き出されたときの爆発的で我を忘れてしまうような興奮に比べれば抑えめ。ちゃんと判断能力が残っている。

どうやら、召喚したときの自分のメンタルの状態によって触手の性質は多少変化するし、僕の精神状態をコントロールすることで持続性、精密動作性に影響を与えられそうだ。

名づけるならば〝欲情付与《エロバフ》〟だろうか……。

そんなことを考えながら、屋根から屋根へ触手を伸ばし、実地で操作法を学びつつ、中央聖堂のドーム屋根の上へと到達する。

ここから天窓をつたえば、中央聖堂の中へと降りられるはず。

さて、問題は聖堂の中でどこに潜伏するかだ。

「祭壇の上に……大きな天使像があって、その裏。……そこがいい」

天窓から内部を覗《のぞ》くと、大きな天使像が祭壇の周りを飛んでいるかのようなイメージで設置されている。広げた翼は二、三メートルはありそうに見える。たしかにあの上なら人が乗って隠れることもできそうだ。

僕はリアナとルーナの身体に触手を巻きつけると、天窓からゆっくりと下ろして、天使の翼の上へと運ぶ。

「それにしても、よくこんな隠れ場所知っていましたね」

「……私はここで育ったから……」

リアナがぼそりとつぶやく。

「この教会デカいだろ。だから、デッカい孤児院あるんだよ。リアナはそこ出身なんだよなー」

大尊者ラッセルの孤児院、知ってるー？」

「ラッセル……」

ラッセルの名と孤児院のことは僕も聞いたことがある。教会の司祭を務めるラッセルは慈善家として有名で、私財を投げ打ち、教会の敷地内に大規模な孤児院を建設。将来的には正式に聖人のひとりに認定されるという噂だ。

「そのラッセルが実は悪いやつでさー。見た目のいい子だけを集めて孤児院に入れてたの」

「それって、つまり……」

「そう、イタズラ目当てってわけ。ラッセルは地域の司祭に、かわいい男の子と女の子を探すように指示してさー、で、見つかったら、親がいても、孤児院に送られるの」

「親がいるのに？」

「気に入られた子の親は……突然事故死するの……私の家もそうだった」

話の内容に反してリアナの口調は淡々としている。

過ぎ去った過去として処理しているのか、それとも、そのときの感情をしまい込む為に、あえて淡々と話しているのか……。

「リアナの夷能力《バグ》がスニークなのも、たぶん、あいつらに酷《ひど》いことされたくないってずっと思ってたから。それが影響したのかもなー」

「目立つと……夜、司祭に呼ばれちゃうから」

「いじめも酷かったんだってなー」

司祭が虐待を行う孤児院だ。当然、孤児同士も平和にやっていけるはずがない。

想像を絶するような環境だったのだろう。

「掃除でこの聖堂に入ったとき……、いつもこの天使の像にお願いしてた……私を連れて飛んでいってほしいって」

リアナは自分を背負ったまま翼を広げる天使の後頭部に手を伸ばす。パシンと頭を叩くような動き。結局連れて逃げてくれなかったことへの抗議だろうか……。

「じゃあ、ちょっと願いかなったなー。天使の上だしさー」

「……ヌルヌルの触手つきだけど……」

リアナの返しに、うへへと笑うルーナ。

「シオン、触手で天使像とあたし達の身体《からだ》固定できるかなー？　居眠りして落ちたらヤバいし。天使に絡めちゃって大丈夫だかんねー。リアナのスニークで消せるからさー」

指示どおり、僕は天使の身体にたすき掛けで触手を絡めるとその後、自分たちにもぐるりと触手を回す。

下から見上げたら、宙を舞う天使が触手に襲われ、凌辱《りょうじょく》されているように見えることだろう。教会関係者が見たら卒倒するような光景だが、リアナの夷能力《バグ》、スニークが触手と僕たち三人の姿を人間の認識から消し去る。

リアナの手が僕に触れた瞬間、世界が極薄の透明なガラスで覆われたような感覚になる。

これでこちらから動かない限りは誰にも決して見つかることはない。

このまま、朝を迎え、星見《ほしみ》の儀《ぎ》が開催されている間に慈霊酒《じれいしゅ》を盗む。

……。

………。

…………。

「わりとツラいですね！」

スニークの夷能力《バグ》を発動して数時間後、日の出を待つことなく僕は音を上げた。

話さず、動かず、食べず。

短時間であれば平気だが、長時間になるとかなりと辛い。

「これトイレ行かないの、無理ゲーですね」

「わたしは慣れてるから……そのましちゃう」

リアナが平然と言う。

「このままって……」

もし、本当に失禁したら、尿は衣服と同じく身体《からだ》の一部と認識されるのか？　されるとしたらいつまで？　天使像を通過して滴り落ちたら、水滴として出現するのか？　その場合は天使が失禁したように見える気が……。

お漏らし天使はともかくバレたら命にかかわる。

スニークの夷能力《バグ》の所有者であるリアナには当然ながらその疑問に対する答えはすでに持っているようで……。

「大丈夫……オムツ……してきたから」

こくりと頷《うなず》くリアナ。

「な、なるほど」

僕はそう答えるしかないのだった。


結局、何度かスニークを解除してもらい、トイレ休憩を挟みつつ、ルーナからの欲望付与《エロバフ》で触手をキープしながら朝まで天使像の上で身を隠し、星見の儀の当日を迎える。

朝を告げる鐘と共に聖堂に続々と集まる若い男女。このロシュフォートの大教会を中心とする第六教区、この教区に籍を置く、素養ありと認定された十歳から二十歳くらいまでの男女だ。

予備審査を通過する率はだいたい十人にひとりほど、それでも参加者は千人を超えるため、数回に分けて行われる。

その第一陣の数百人の男女が大聖堂に集合している。

僕が星見《ほしみ》の儀《ぎ》を受けたのは前月のこと。

この中の幾人かは恩寵《ギフト》持ちとして栄達の道を歩み、幾人かは夷能力《バグ》を持つ魔女として処刑されるのかもしれない……。

今の僕にできるのはその成り行きを身動きひとつせずに見守ることだけ。

――ガラン、ガラン。

教会の鐘が大げさな音を奏で、星見の儀の開始を告げる。

まずはこの教会の司教が講壇に立ち、星見の儀の意義を述べる。

この世界の成り立ち、女神の偉大さ、恩寵《ギフト》を持つことの希少性とその責務……。

お世辞にも楽しくないお話に眠気をもよおし、こくりこくりと首を動かす不届きな男子、それをそっと肘で突いて起こす女の子。くすくすと笑い合うふたり。

参加者は同じ教区の同い年だ、あのふたりも幼《おさな》馴染《なじみ》か友達、もしくは恋人なのだろうか……いずれにせよ儀式に集中しているようには見えない。

女神からの特別な恩寵《ギフト》を見出される者、その反対にこの世界からはじき出される者。いずれも一部、大半の人間にとってはただつまらない儀式に強制的に参加させられる面倒で退屈な一日なのだ。

「これから慈霊酒《じれいしゅ》を配ります」

階下では司祭たちにより、手際よく赤い液体の入ったグラスが配布されている。これも僕が受けた星見の儀と同じ段取りだ。

慈霊酒とは清めの酒、中身はごく普通の赤い葡萄《ぶどう》酒だと聞いている。

だが、あれを盗み出すことこそ今回の僕の任務だ。

結局、それがなんの意味があるのか、シスター・ソフィアは教えてくれなかった。「無事に戻ってきたらすべてを話します」と言われただけ。

もちろん儀式の途中でいきなりスニークを解除して慈霊酒を強奪するわけにはいかない。隙《すき》を見て盗まないと……。

「一息に飲み干し、身を清めなさい」

鐘の音が鳴り、それを合図に参加者が一斉に慈霊酒を口に運んだ。

この後は身を清めた参加者たちの前に神儀官《しんぎかん》が立ち、恩寵《ギフト》の有無を読み取るという段取りだ。

……とはいえ、僕は慈霊酒に酔ってしまって、自分の星見の儀のことは覚えていないのだが。

全員が慈霊酒を飲み終わると、楽団が呼びこまれ聖歌の斉唱がはじまる。

単調なドラムのリズムとオルガンの伴奏。

それに合わせて女神アスタルテを讃《たた》える歌が聖堂に響く。

続いて、星見の儀を行う神儀官たちが現れる。

通常の神官とはことなり、顔をすっぽりと頭巾《ずきん》で覆っている。

手には香炉。香炉はかすかに赤みのある煙を立ち上らせている。

その煙を聖堂中に敷き詰めるかのように、神儀官《しんぎかん》たちは、聖堂の通路を縫うように歩く。

参加者たちは神儀官に目を合わせずに歌い続ける。

神儀官を見てはならない。これは星見《ほしみ》の儀《ぎ》のしきたりなのだ。

——孤独の闇を照らす明星の如く
——アスタルテの愛は揺るがじ
——清き心を導き、希望あふれる地へと導かん
誰もが聞きなれた歌。

しかも、この歌は長く、単調な曲が繰り返され延々十二番まである。

退屈な時間がしばらく続くかと思われたのだが……。

予想に反して、そうはならなかった。

さきほど、眠りそうになっていた男子が、突然床に倒れこむ。

眠気？　いや、眠気だけで立っている状態から倒れるとは考えづらい。

異変に気づいた幼馴染《おさななじみ》と思《おぼ》しき女の子が男の子を起こそうと身を寄せるが、女の子もそのまま倒れこんでしまう。にもかかわらず周りの参加者はそのことに気づいていない。

なんとも不思議な光景だ。

大きな歌声が響いているせいだろうか？　それとも酔っている？

いや、そんなわけはない。近くで人が倒れているのだ、酔っていても気づくはず……。

しかし、倒れた人に気づくどころか、ひとり、またひとりと歌っていた参加者がその場に倒れていく！

――なにが起こっている!?

どういうことだ？

どうして参加者が次々と倒れている？

しかも、倒れた者が喉をかきむしりながらもがき苦しんでいる。明らかに酒に酔って倒れたのではない。

もがき苦しんだのち、やがて動かなくなる者。

それを神儀官たちがふたりひと組となり、タンカで運び去っていく。

まったく動じることなく、淡々と……。

トラブルではない。明らかに想定されていた当たり前の作業。

神儀官は倒れた者の頬を何度か叩き、意識がないことを確認しては、タンカで奥へと連れ去っていく。

いや……、すべての人間が、運ばれていくのではない。

十人に一人くらいの割合でその場に残されているものがいる。

どうやら神儀官《しんぎかん》が意識を失った者のうち、運び出される者と、その場に残す者を選別しているようだ。

残った者は意識を失ったまま祭壇の前に集められる。

神儀官たちが、白い布で覆われた台を用意し、その上へと残された参加者を移す。

数は五人、いや六人だ……。

懸命に運び出しの作業をしていた司祭や神儀官たちも数名を残し、別室へと消えている。先ほどまでの喧騒がウソのように静まり返る聖堂。

本来の荘厳な雰囲気が戻る。

――リン。

聖堂に響く澄んだ鈴の音。

それに反応して、残っていた神儀官たちが全員こうべを垂れる。

――リン。

ガラスを叩いたような透明感のある鈴の音。

一歩、進むごとに従者が鈴の音を響かせる。

この鈴の音が意味するところは、この国に生きる者なら全員が知っている。

目を合わせてはいけない存在。

女神アスタルテの意思を伝えうる唯一の存在であり、人間の中で最も崇高なる者。

──大聖女ルシア。

姿を見ていいのか？　スニークを解除しないならば、このまま見続けるしかない。

身動きできない状況ではそれを誰かに問うことすらできない。

鈴の音が再び響き、聖堂の奥からゆっくりと女性の姿が現れる。

顔はベールで被われており、うかがえたのは口元だけ。

正教会の最高位にふさわしい白を基調とした、シンプルかつ艶やかないでたち。

遠目からでも、見る人を畏怖《いふ》させるほどの神々しさをまとっている。

陽の光を反射しルシアの白い衣がキラキラと輝いている。まるで光の粒が集まって人の形を作っているかのようだ。

膝立ちになり、こうべを垂れる神儀官たち。

その間をゆっくりと歩き、残された星見《ほしみ》の儀《ぎ》の参加者たちの元へと向かう。

鈴の音そのものが動いていると思わせるような所作。

祭壇の前で眠り続ける参加者の前に立つと、手を伸ばす。

大聖女ルシアの指が参加者の唇に触れる。

気絶している受儀者はかすかにびくっと身体《からだ》を震わせて反応するが、その一度きり。その後は台の上に横たわったまま、死んだように動かない。

ルシアは、その後もひとり、ひとり、眠る参加者の唇に順に人差し指で触れていく。

そして、六人の男女の唇の唇に触れたルシアはゆっくりと踵《きびす》を返す。

鈴の音を余韻《よいん》のように残して、聖堂の奥へと消えていく。

それにしても大聖女ルシア……、なんと神々しい……。

これまで、ルシアをモチーフにした絵画や彫刻を目にすることは何度かあった。その姿はいずれも神秘的で清らかな美しい女性として描かれてきた。まさか、絵画そのもの、いや、それ以上の存在が現れるとは……。

「おーい」

突如、耳元でルーナの声が聞こえ、はっと我に返る。いつの間にかルシアの姿に魅入られ、我を忘れたような状態になっていた。すでにスニークは解除されており、膜に包まれていた世界はクリアに見えている。

「慈霊酒《じれいしゅ》……、盗って」

リアナが指さしている先は講壇。

神官たちはルシアが唇に触れた六人の参加者たちをせっせと別室に運び出している。

余った慈霊酒は講壇付近に放置されたまま。今なら、あのグラスを拝借するのはたやすい。

僕は触手を出現させると、極限まで細く変形させ、するするとグラスまで伸ばし、簡単に回収に成功する。

「こんなもの、何の役に？」

「それは戻ってシスターに聞くんだろー？」

ルーナは普段は自分の強零酒《ストライクゼロ》を入れている水筒に慈霊酒を注ぎ入れ、にんまりと笑う。

慈霊酒のこともそうだし、星見《ほしみ》の儀《ぎ》自体のことも。シスター・ソフィアに聞きたいことでいっぱいだ。僕はその疑問を晴らすべく触手を天窓へと伸ばし、聖堂から脱出する。

◆

無事ロシュフォート大教会での任務を終え、魔女の教会へと戻る。

シスター・ソフィアを見つけるなり、頭を占拠し続けていた疑問の数々をぶつける。星見の儀でみんな眠っていたのはなぜ？　どうして大聖女ルシアがあの場に？　そして慈霊酒とはなんなのか？

「それについてお答えするには、ここではないほうがいいかもしれませんね」

シスター・ソフィアはそう答えると、僕をとある場所へと案内してくれた。

「ここは我々のラボです」

打ち捨てられた廃教会の真下に作られた魔女の教会。その奥にはシスターと魔女たちの生活スペース。そしてそのさらに奥、地下道をしばらく歩くと、突如として地上へと出る。

四方を切り立った崖に囲まれた窪地、そこにラボと呼ばれる施設があった。

ガラス張りの大きなサンルーム。その隣には箱型の建物が併設されている。

「ここは四方を崖に囲まれていて、先ほどの地下道からしか来ることはできないんですよ。魔女の中でも一部の人にしか知らせていない、本当に秘密の施設なんです」

シスター・ソフィアの案内で広々としたサンルームの中へと足を踏み入れる。

サンルームの内部はまるで植物園のようだった。

まず僕の目に入ったのは、数々のシダ植物。続いて毒々しい花をつける珍しい植物。そして苔だけを育てている区画。それぞれ区画ごとにガラスで仕切られており、湿度と温度も区画ごとに調整されている。

続いてはキノコのゾーン。

木製の棚にオガクズを固めて作ったと思《おぼ》しきペレットが並び、そこから多種多様なキノコが無数に生えている。毒々しい赤いキノコから、なんとなく食べられそうなものまで、大きさも様々だ。

「キミがシオンくんか！　ずっと会いたかったんだよ」

その女性は半透明のキノコが生えたペレットの陰からひょっこりと顔を出した。

「紹介します。いにしえの魔女マリエッタ・ティスさんです」

マリエッタ・ティス。

いでたちは黒のローブに大きなとんがり帽子。小ぶりな鼻の上にちょこんとのった丸眼鏡。

いかにも植物の研究を行う老練の魔術師といった印象だが、その服装に反して、見た目はとても幼い。むしろ子供のように見える。

背も低く、女性らしい身体《からだ》の発達もない。十歳前後だろうか……。

「こう見えて百五十八歳、だいぶお姉さんなのだ。だから大いに敬いたまえ！」

腰に手をあて、えっへんと胸をはってみせるマリエッタ。

「実験の副作用で外見の成長が止まってしまったのですが、マリエッタさんはわが国でも有数の実力を誇る錬金術師です」

「ボクの外見などどうでもいい。そんなことより……」

マリエッタが眼鏡をくいっと上げて、僕を見つめる。

「ねえ、キミ、キミ、あの触手、ちょっと出せないかね？　粘液のサンプルを取らせてほしいのだが？」

マリエッタは僕の右腕を両手で掴《つか》むと、顔を近づけありとあらゆる角度から観察したうえに、今度は小さな手でコシコシとこすり始める。

「ボクの錬金術師としての専門は新薬の製造でね。新しい素材には目がないのだよ」

「あの……」

たまらずシスター・ソフィアに助け舟を求める視線を送る。

「マリエッタさん、のちほどにしましょう。シオンさん、マリエッタさんに慈霊酒《じれいしゅ》を渡してください」

僕はシスター・ソフィアに促され、慈霊酒《じれいしゅ》の入った水筒をマリエッタに手渡す。

「おお！　星見《ほしみ》の儀《ぎ》に潜入したのか？　どうだったかね？　面白いものは見られたかな？」

「ええ……、正直、驚きました。僕はお酒に酔って眠ってしまったと思っていたんですが、そうではなかったんですね」

「わはは━、驚いたか！　星見の儀とはああいうものなのだよ！」

なぜか自慢げに言うマリエッタ。

「ああいうもの……あれはなんなんです？」

教会で見た光景がなにを意味しているのか、僕にはいまだに理解できていないのだ。

結局、シスター・ソフィアは僕になにを見せたかったんだ……？

「そこで大事なのがコイツなのだ！」

マリエッタは受け取った慈霊酒をルーナの水筒から分厚いガラスの瓶に移す。

瓶の中で揺れてゆらゆらと波打つ赤い液体。

「まず、こいつは劇薬だ」

「……！」

「主な成分は葡萄《ぶどう》を発酵させたアルコール、および、ユメクイタケの菌糸。あとは微量の特殊成分だ。酒としては弱いが、飲めば、確実に昏倒《こんとう》するね」

マリエッタはそう言いながら、オガクズのペレットから先ほどの半透明のキノコを一本引き抜く。大きさはちょうどマリエッタの手のひらほど。

「これがユメクイタケ。一本食べれば竜でも死ぬが、ほんの少しであれば麻酔薬として使える」

「なんでそんなものを？」

「それは慈霊酒の残りの特殊成分のためだ。こいつを体内に入れると、とてつもなく苦しいからね。ユメクイタケで気を失ってもらわないともがき苦しむことにある」

「微量の成分……」

「ボクはそれをファクターAと呼んでいる。おそらく本当の名前もあるんだろうが、ごく一部の教会の幹部しか知らない。そしてその成分の目的はね……」

マリエッタはもったいぶるようにそこで話をいったん止める。

どうだ、知りたいだろうと言わんばかりの顔で僕を見つめる。

「それは恩寵《ギフト》を無理やり引き出すための成分です」

その間にシスター・ソフィアがあっさりと答えた。

「もう、シスター！　ボクが言おうとしてたのにーっ！」

シスター・ソフィアの肩をポカポカ殴るマリエッタ。

「あら？　急に話をやめてしまったので、忘れちゃったのかと」

「そんなわけないでしょー！　シオンくん、もう一回だ。ボクの口から聞きたまえーっ！　フアクターAはね、恩寵《ギフト》を強引に引き出す効果があるのだよ！」

「は、はい……」

としか答えようがない。

――恩寵《ギフト》を強引に引き出す劇薬……。

そもそも恩寵《ギフト》を薬で引き出すとはどういう意味だ？

恩寵《ギフト》とは女神アスタルテからの贈り物、選ばれし者に与えられる固有能力だ。

「女神アスタルテは神域を去りました。自然に恩寵《ギフト》が出現することは、もはやないのです」

神域とは、女神が住まい、人間は決して立ち入ることを許されていない土地のこと。それが実在していることはこの世界の誰もが知っている。

「かつて恩寵《ギフト》は神域に住まうアスタルテの力によって与えられていました。それは事実です。しかし、三十年ほど前、それは突如、終わりを告げたのです。アスタルテは神の力の一部を人々に与えることをやめてしまいました。人はそれを受け容れることはできなかったのです」

恩寵《ギフト》を持つ者の存在。

それは人間が秩序を維持するために必要不可欠なものになっている。

魔獣に立ち向かう力を持つ者、魔力の力で治癒を行う者、そのような存在がいなくなってしまえば、この国のありようは大きく変わってしまうだろう。

「それは教会にとっても致命的な問題でした」

「女神さまの恩寵《ギフト》こそが教会の権威の源泉ともいえるからね」

「教会はどうにかして人間の手で恩寵《ギフト》を発生させようとしました。そのために国中の優秀な錬金術師が投入され、開発されたのが、あの慈霊酒《じれいしゅ》であり、主成分ファクターAなのです」

にわかには信じがたい情報だがシスター・ソフィアがウソを言うとは思えない。

「それじゃあ次の問題だ。シオンくん。ファクターAの材料はなんだと思うかね？」

マリエッタが僕の顔をじっと覗《のぞ》き込む。「さあ、教えてくださいと言え」と言わんばかりの、なんとも得意げな表情で。

「わからないです。教えてください」

「ファクターAを作るための主成分、それは魔女の血なのだよ」

血……！　思わず背筋がゾクリとする。

「いわゆる夷能力《バグ》を持つ人間の血液には恩寵《ギフト》因子と呼ばれる成分が含まれている。それを抽出して、濃縮し、なにかしらの加工を加えてファクターAを作る」

「いうまでもなく、その因子は恩寵《ギフト》所有者にも含まれていますが」

シスター・ソフィアが補足する。

「むしろ、夷能力《バグ》などという概念は、このために後で作られたのだよ。自分たちにとって都合の悪い恩寵《ギフト》を夷能力《バグ》と認定して、夷能力《バグ》を持つ魔女と魔女の家族の血を搾り取るためにね」

「そ、そんなことが」

あまりに信じがたい話だ。ただの儀礼の一環だと思っていた慈霊酒《じれいしゅ》、それが恩寵《ギフト》を強引に引き出す劇薬だった。しかも、その薬の成分は夷能力者《バグ》の血だなんて。

「教会は我々魔女を悪魔の使徒呼ばわりしますが、教会は魔女から血をすすって生き延びる吸血鬼のようなものです」

「なんてことだ……。なんてことをするんだ……教会が、教会なのに……」

もし星見《ほしみ》の儀《ぎ》をこの目で見ていなかったら、とても信じられなかった。

たとえシスター・ソフィアから言われたとしても。

「魔女つまり夷能力《バグ》所有者とその家族十人分の血液で、一人か二人、恩寵《ギフト》所有者を出現させることができる。だから教会は魔女と魔女の家族を根こそぎさらって、血を搾り取るのだ！」

「シオンさんと暮らしていたおじいさまは血の繫《つな》がりはないんですよね。その点は幸運でした」

僕はなんと返事をしていいのかまったくわからず、今はふたりの話を聞き続ける。

「ボクはね、こんな共喰いみたいなマネは止めろと言ったんだがね。教会のおバカさんたちはボクまで夷能力《バグ》持ちだと認定して、研究所を追い出した」

「マリエッタさんも元々は教会付きの一級錬金術師だったのです。そして教会も認めるカテゴリ1の恩寵《ギフト》所有者でした。その才能が惜しく、我々がなんとか処刑前に救出いたしました」

「もともとボクは教会がイチイチ研究に口を出してくるのが気に入らなかった。今は自分の興味ある分野を好きに研究できる。魔女認定はむしろ大歓迎だ」

マリエッタはそう言いながら、手にしていたユメクイタケというキノコをぱくりと咥《くわ》える。

がっつり丸かじり。

「えええええっ！」

そのキノコはマリエッタ自身が一本食べれば竜でも死ぬと言っていた物。

それを普通にもしゃもしゃ咀嚼《そしゃく》して、まるまる飲み込んだ！

「わはは！　どうだ、びっくりしたかね」

「びっくりっていうか……死ぬんじゃ」

「普通でしたら、すぐに強烈な震えが始まり、泡を吹いて、死んでしまいます。でも安心してください。マリエッタさんの夷能力《バグ》、鎖断回路《アナイアレイター》はSランク毒耐性なのです」

シスター・ソフィアにそう言われ、えっへんと胸を反らすマリエッタ。

「そ、そうだったんですね」

「ボクの夷能力《バグ》は通常の人間の数百倍の毒への耐性。ボクの研究には実に役に立つスキルだよ。今のはちょっとしたデモンストレーションだ。ははは、凄いだろボクは！」

「毒耐性……なるほど」

たしかにこの能力は錬金術師と相性抜群だ。

「この能力を利用してね。ボクはあっという間に錬金術師として名を上げた。そしてボクは教会からファクターAの研究開発に従事するように求められた。より確実に恩寵《ギフト》を引き出す研究だ。それを断った、あっという間に夷能力認定《バグ》だ」

「どうして断ったんですか？」

「人を殺す研究など引き受けられるものか」

マリエッタがまっすぐに僕の目を見て答える。そのまなざしは誇らしげで一点の曇りもない。

「自らの命の危険も顧みず、ご立派です。ですから、わたくしたちは絶対にマリエッタさんを仲間にしたいと思ったのです」

「それにね。ボクには生涯をかけている研究がもうあるのだよ」

「マリエッタさんの研究対象って？」

よくぞ聞いてくれた、と言わんばかりにニンマリと笑うマリエッタ。

「感度3000倍だ」

マリエッタは腰に手を当て、胸を反らし、先ほどよりもさらに誇らしげに答える。

「感度……3000倍？」

「簡単に言えば媚薬《びやく》だな。性的な興奮度を文字どおり3000倍に高めることを目標にしている。これが難しくてね。今のところせいぜい数十倍だ」

「なにを嬉しそうに語り出してるんですか！」

「人を殺す研究より気持ちよくなる研究のほうがいいに決まっているだろ！　3000倍だぞ！」

「そうですけど、さっきまでめちゃくちゃかっこいい風のこと言ってたので落差が」

「どこが落差なのだ！　シオンくん、キミはまったく感度3000倍のすごさがわかっていない。薬学、脳の構造、そして哲学の領域にすら踏み込むぐぅぅぅ！　ぐがががあああああ！」

――突如、激しく痙攣《けいれん》するマリエッタ！

白目をむいてぷるぷる震えている。

「大丈夫ですか！」

「ぐぎぎぎぎぎっ！　気に、気に、しなしなしないでくれたまえ」

「気になりますよ！　鎖断回路《アナイアレイター》は？」

「だい、だいじょうぶだ。たまたま、つ、強いキノコに当たってしまったが、は、発動している、ふ、ふつなら、り、竜でも、そ、も、もう意識はない、が……話せてる……す、ごいだろ」

ガクガク痙攣しながらもまだ自慢げに胸を反らすマリエッタ。

「いやいや、泡吹いてますけど」

「ギギギ……気にするな、これは吹いていいタイプの泡だ」

「泡に吹いていいとかわかんないですけど……本当に大丈夫ですか？　さっき、震えて泡吹いた後に死ぬって」

「ぐ、ぎぎぎぎぎ、だ、大丈夫だ……シオンくん、き、きにならないか。ど、どうして女神は恩寵《ギフト》を与えなくなったのか、き、教会が、なにを、かか、かくしてるのか、そ、そして、そ

の触手は、な、なんのなんか……我々とともに、と、解き明かそうなじゃいか」

マリエッタはぶるぶる震えながら小さな手を差し出す。

星見《ほしみ》の儀《ぎ》、恩寵《ギフト》と夷能力《バグ》。

それは教会が僕たちに教えてきたこととはまるで違う真実が隠されているようだ……。

しかし……。

「その話はあとで！　一回水を飲みましょう！」

◆

クロイスブルグの街。

穀倉地帯の中心に位置し、農作物の集積地として発展を遂げ、現在ではウルスラ伯領の中心都市となっている。

街の規模としては王国内では中規模程度であり、様々な野菜と肉類が集まることから、美食の街として知られている。

そのクロイスブルグで最も高級な料理店にアナスタシアと勇者エルヴィスの姿があった。

ふたりが囲むテーブルの後方にはアナスタシア付きの従者、ネイトが直立不動で待機している。それ以外に人の気配はまったくない。店ごと貸し切られている。

「で、魔女どもの隠れ家ってどこ？」

勇者エルヴィスは巨大なステーキに勢いよくフォークを突き立て、豪快に口へと放り込む。

「いまだ不明だ」

「えー、あんた、匂い追えるんでしょー」

咀嚼《そしゃく》しながら大声で話すエルヴィス。

アナスタシアはそれに対して露骨に嫌悪の表情を浮かべるが、エルヴィスはそれに気づいてすらいない。

「私の亜天使はたしかに対象の匂いを覚えて追跡できるが、餌《えさ》なしでは三日で寿命を迎える。アルローン派の魔女どもは任務を終えたのち、すぐには根城へと戻らない、時間を潰《つぶ》し、別方向へと向かう」

「へー、やるじゃん」

口内の肉を酒で胃へと流し込む。グラスの中身は慈霊酒《じれいしゅ》。儀礼でもなく飲むのはこの男くらいのものだろう。

「とはいえ、対策のしようはある」

アナスタシアが従者ネイトに目配《めくば》せすると、ネイトはさっとアナスタシアの皿を下げ、テーブルを拭き、直ちに個室の外で待機している店員に代わりを作るよう告げる。

エルヴィスの唾液が飛んだかもしれない、その想いがよぎっただけで、アナスタシアの食欲はいっぺんに失せたのだ。

「対策？　なに？」

「ウルスラ・イェーリング伯を狙う」

「ウルスラ？　誰？」

「ここ、クロイスブルグの領主、アルローン派の信者であり、最大の支援者だと噂されている」

「へー、じゃあ、そいつ殺っちまおうぜ」

――バカが！

その言葉をアナスタシアはぎりぎり呑み込む。

所詮この男は正教会《われわれ》によって作られた勇者だ。不具合があったとしたら、それはこちらの問題というもの。

いかに最強でも、慈霊酒なしには正気すら保てない。胎児のころから薬漬けにして〝カテゴリ０〟にされた悲しき実験動物だ。むしろ哀れに思うくらいでちょうどいい。

「伯爵家の当主であるウルスラ様をなんの証拠もなく捕まえることなどできない。我々がこの地を訪れているのもあくまで単なる食事だ」

「へー、めんどくさいねー」

「だが、ウルスラ様であれば、居場所は簡単にわかる。ウルスラ様を追って、魔女どもと接触する場所を探ればいい」

「あー？　それできんの？　あんたのハエ、三日しか生きられないんでしょ？」

エルヴィスはナイフでアナスタシアを指しながら話す。

「餌《えさ》がなければと言ったはずだが」

アナスタシアは再びネイトに目配《めくば》せする。

ネイトは小さく会釈《えしゃく》して、すべてを理解していることをアナスタシアに示すと、直ちに部屋を出て、すぐにひとりの女性を伴い戻ってくる。

年のころは三十代後半、誰に印象を聞いても、真面目そうだと答えるであろう雰囲気。

「なんだ、こいつ？」

エルヴィスが今度は部屋に入って来た女性に向かってナイフを向ける。

「ウルスラ伯爵の身の回りの世話をしてるメイドだ」

アナスタシアがそう答えると、女性は怯えた顔でぺこりと頭を下げる。

「おー、そっか、そっか、オバサン、お前スパイか？」

「……あ、あの」

「安心しなさい。あなたはなにもしなくていいの」

戸惑うメイドにアナスタシアが優しく語りかける。

アナスタシアは自らの美貌の特性を理解している。無表情でいれば相手に威圧感を与えるが、少し微笑んだだけで、まるで聖女のように穏やかな印象を与えることができる。男性であれば顕著だが、女性でも十分に効果はある。

「お前はいつもどおりウルスラ様に仕えればいい。我々になにも告げ口する必要はないし、なにか取る必要も、なにか調べる必要もない」

アナスタシアはメイドに優しく微笑みかける。

普段のアナスタシアを知っていれば誰もが気づくであろう露骨な作り笑顔。しかし初対面であるメイドは気づきようもない。

「それで本当に息子の病気を……」

「ええ、もちろん。教会付きの医師の診療を受けさせてあげる」

「えー、なんかすごいお得な話じゃん！　なにそれ」

エルヴィスの大声をアナスタシアはまったく聞こえていないかのように無視すると、席を立ち、メイドの前へと歩み寄る。

「なにもしなくていい。ただこの小さな天使の一時の宿になってくれれば、十分よ」

アナスタシアの指から飛び立つ、小さな羽虫。

それは驚き、ポカンと開いたメイドの口の中へと飛び込んだ。

「……………！」

メイドはかすかに痛みを覚えたようで、ビクリと身体《からだ》を震わせ、顔をしかめる。

しかし、反応はそれだけ。

「どう？　痛みはすぐ治まったでしょ。用件はこれで終わり」

アナスタシアは三度お付きのネイトに目配《めくば》せすると、ネイトは即座に意図を理解し、ウルスラのメイドを丁寧なエスコートで部屋の外へと送り出す。

「もしかして。あのおばさんが餌《えさ》？」

「察しがいいじゃない。大勇者さん」

アナスタシアは皮肉のつもりで言ったのだが、エルヴィスは見事に得意げな顔をしている。

「私の亜天使の餌は人間の脳」

「えー？　あのおばさん大丈夫？」

「当分はね。亜天使はごく少食だ。一日にほんの少し脳を食べるだけ、ただし頭の中で増殖するから食事の量は倍々に増えていくが」

「うわー、酷《ひど》いなー」

「あの亜天使はソフィア様の匂いを覚えさせている。メイドの脳の中で生き、ウルスラ様がソフィア様に接触したときに頭蓋を食い破って外へと飛び出すだろう」

「おばさん、死んじゃうじゃん」

「今すぐ接触すれば、亜天使は一匹だけだ。死にはしない。なるべく早くウルスラ様とソフィア様が密会することを祈ろうじゃないか」

アナスタシアは慣れた手つきで円紋《えんもん》を切ると、女神アスタルテへの祈りの言葉を唱える。

# シオン・ウォーカー

パワー ………… A
スピード ……… B
射程距離 …… B
持続力 ………… C
精密動作性 … C
成長性 ………… SSS

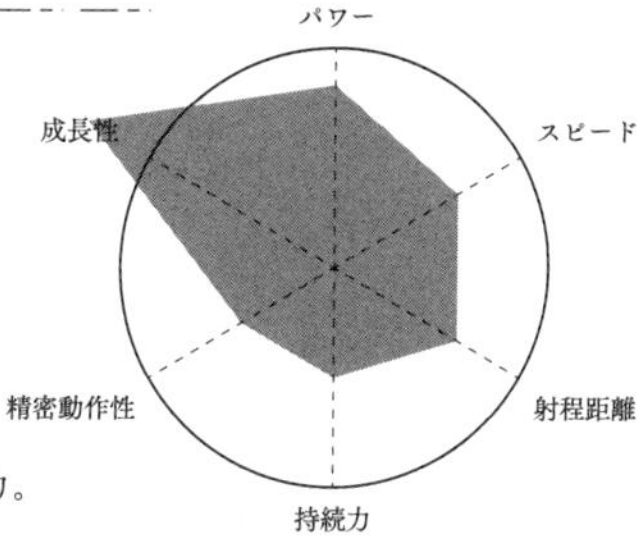


## <恩寵《ギフト》> 触手召喚

強靭にしてしなやかな触手を右手に召喚する能力。
シオンの欲望に応じて性能が変化する。

## <欲望付与《エロバフ》 一覧>

・シスターの瞳術 …… パワーがSクラスにまで跳ね上がる。
・シャンタルの罵倒 …… スピードがAクラスに上がる。
・ルーナのぱふぱふ … 持続力と精密機動性がBクラスに上がる。

## 5　サバトと触手

星見《ほしみ》の儀《ぎ》から戻ってからの数日、次の任務を与えられることはなかった。

そうなると、俄然《がぜん》やることがない。お尋ね者である僕は街に出るわけにもいかないわけで、この廃教会に身を潜めているしかないのだ。

ただ、じっと自室で過ごすだけの日々。

平和ではあるが、あまりにやることがなさすぎて時間を持て余す。

なにかやることはないかと、魔女の教会内を歩き回っていると……。

「あら、シオンさん、どうされました？」

厨房でシスター・ソフィアを発見する。

エプロン姿のシスター・ソフィアはルーナと一緒に百人前はあろうかという大鍋を木のヘラを両手で使って、懸命にかき混ぜている。

「なにか手伝えることはないかと……えっと、なにかのお祭り？」

「んー、お祭りっていうかー、サバトだよねー」

鍋を押さえていたルーナが答える。

サバト……。

別名、魔女の夜会。その噂は聞いたことがある。

とはいえ、僕の知っているイメージは不埒《ふらち》で不道徳な酒池肉林の乱交の宴、といった感じの極めてよくないものだが……。

「はい。まさにその酒池肉林の宴です」

「誤解とかそういうのではなく……？」

「そうですね。普通に乱交パーティーです」

大鍋を混ぜながら、にこやかに答えるシスター・ソフィア。

……「普通に」、がつくやり取りのなかで一番普通じゃない。

「どうしてそんなことを？」

「我々は異端、邪教といわれる団体ですので、信者の皆様にはそういったことを期待している人も多いんですよ」

いくつかの任務をこなし、シスターたちと過ごすなかで、僕は魔女たちに仲間意識を持つとともに、アルローン派について認識を改めてきた。

アルローン派は一般的にいわれるような邪教ではなく、あくまで思想信条が異なるだけ。むしろ正教会のウソを暴き、不正をただす、正義の組織ですらあると考えなおしたのだが……。

「わたくしたちは世の中を良くしたいと思ってますが、別に怪しくないとは言ってません」

大鍋を混ぜながら、きっぱりと断言するシスター・ソフィア。

「ウルスラさんも超サバト好きだしねー、まーあたしも、酒飲めるから嫌いじゃないなー」

にへへへーと笑うルーナ。

邪教の庇護《ひご》者であるウルスラさんは魔女の教会のあるクロイスブルグ一帯を治めている女領主。会ったときの印象では、たしかに自由奔放《ほんぽう》で無茶苦茶な人だと思ったが、同時に知性を感じた。ただ無茶なのではなく、その行動の裏にしっかりとした思想があるというか……。

「乱交パーティーってなかなか便利なんですよ」

シスター・ソフィアは額の汗を拭いながら、楽しそうに言う。

「通常の形では性欲を満たせない方が一定数いますからね。貴族や商人のなかでそういった性的嗜好《しこう》の持ち主の方々をお招きして、我々の団体への〝理解〟と〝協力〟を求めているのです」

「結局のところさー、見つかったらえらい目に遭うのに邪教に入る人なんか、正教会にめっちゃ恨みがあるか、とんでもない変態ってことだよねー」

シスター・ソフィアとルーナは楽しそうに笑いあう。先ほどサバトの準備だと言われなければ、その光景は村祭りの準備をする娘たちののどかな風景にも見えただろう。

「信仰心篤く、真面目で、勤勉、それゆえ平気で人を虐げる人よりずっといいじゃないですか。少々変態でも人を許せる人間のほうが」

シスター・ソフィアは鍋の中身を匙《さじ》ですくい、小鉢に取ると、ふうふうと息を吹きかけ、僕へと差し出す。

それはキノコのスープだった。

複雑なハーブとキノコのうま味、それを生かすために、あえて抑えられた塩味。

乱交パーティーに供されるスープにしては優しくて上品な味。

「美味しい……です」

「よかった。これ、マリエッタさんが調合してくれた、感度十五倍の媚薬《びやく》スープなんですよ」

「……！　なにをフーフーして飲ませてるんですか！」

「大丈夫ですよ。たった十五倍ですから」

「十五倍でも十分怖いですって！」

僕が猛烈に抗議してもシスター・ソフィアはどこ吹く風。

突如として手をぱちんと打って、僕に笑顔を振りまく。

「あ、そうそう。シオンさん、手伝えることを探してるんですよね？　マギーさんのところに行ってください。今なら教会裏の墓地に居るはずなので」

「このタイミングで、話、そこに戻します？」

「え？　なにか？」

シスター・ソフィアは不思議そうに小首を傾げている。なにが変なのか気がついていない。

本当にマイペースな人なのだ。

僕は抗議をする気を失い、十五倍の感度を引きずりながら、シャンタル・マギーの元へと向かう。

廃教会の裏にある墓地。

教会が廃棄されているのだから、墓地も当然打ち捨てられている。もう十数年前から使われていないそうだ。

僕が墓地に到着したときにはすでに彼女の姿はあった。

「よーし、ロバートおいで、よーし、よくやった、ロバート」

――ダヌッ！　ダヌッ！

シャンタル・マギーにロバートと呼ばれた大型犬は投げたボールを咥《くわ》えて戻ると、尻尾をブンブン振りながら彼女の脚にまとわりつく。

「えらいぞ、はーい、ご褒美《ほうび》」

シャンタル・マギーが小さな干し肉の切れ端を渡すと、ロバートは勢いよくガブリと丸呑みする。そして、そのまま干し肉の切れ端はロバートの食道を通過し、腹に空いた大穴からポトリと地面に落ちる。

「どうだ？　かわいいだろ」

「……死んでるけどね」

シャンタル・マギーの愛犬ロバートは案の定、一度死んでから復活したアンデッド犬だった。腹部に大きな穴が開いていること。口の右側の皮膚がえぐれ、牙がむき出しになっていること以外は、グレーの毛並みが美しい立派な狩猟犬ではある。

「わかってないな、シオンは。死んでるのがかわいいんじゃん」

……一生わからなくていいかも。

と思ったものの、口に出すと怒られるだろうから、言わないでおく。

「そういえば、なにか手伝うことがあるって？」

まさか、ロバートと一緒に遊ぼうという話でもないだろう。

「ああ、それね。ちょっと相手してよ」

「相手？」

「腕慣らしの模擬戦、サバトでなんかあったときのためにさ」

サバトではアルローン派の信者が多数集まる。

万が一襲撃されたときに備えて魔女たちは念のための準備をしておく、ということらしい。

「まあ、メリダが警備担当だから、どうせ出番なんてないけど」

葬火《そうか》の魔女メリダ。僕はすれ違って挨拶《あいさつ》した程度しか面識はないが、炎を自在に操るハイレベルな魔法の使い手で、アルローン派の魔女の中でも武闘派らしい。

たしかに切れ長の鋭い目がいかにも歴戦のつわものといった雰囲気だった。

「万が一のときはわたしの出番になるからね。ちょっと肩慣らしにつき合ってもらうよ」

シャンタル・マギーがサッと手をかざすと、地面から一体の白骨死体が這《は》い出す。

「ま、鮮度は最悪だけどマトくらいにはなるわね」

それに続いて土の中から現れる白骨死体。二体、三体、四体……。

「まだだよ。もう少し出してからね」

一体、もう一体と現れる白骨死体。すでに十体以上になっている。

「まだまだ……」

さらにもう一方の手も高々と掲げるシャンタル・マギー。その鼻にはうっすらと血がにじんでいる。

「目いっぱいやると、鼻血出ちゃうんだよね」

次々と長き眠りから覚める死体たち。すでに数えられる限界を超えている。おそらく百は超えているはずだ。殺到した白骨死体はゆっくりと広がり、ぐるりと僕をとり囲む。

「さあ、準備はいい？」

シャンタル・マギーが挑発的な目で僕を見ると、舌なめずりをする。

やる気満々な様子だ。だが……。

「いや、あの……刺激がないと触手が」

残念ながらこっちはまったく準備ができていない。

「ああ、もうっ！　そうだったわね」

シャンタル・マギーは大股で僕の前に近づくと、ものすごく嫌々な感じでスカートを捲《まく》り上《あ》げる。

「はい、これでいい？」

「そ、そんな、ダルそうにされても」

「うるさいっ！　文句言ってないで、さっさと見なよ！　バカ！　このド変態！」

僕の触手は興奮状態になることが発動条件だ。

そんな渋々な感じで罵声《ばせい》を浴びせられながら、下着を見せられても……。

――ボギン！

気の強そうな女の子に罵倒されながら渋々パンツを見せられる……、悪くなかった！

感度十五倍のスープの効果もあるのかもしれないが、そのせいにしたくないくらい心の深いところにグッとくる刺激だった！

「まったく、ボギンじゃないわよ！」

シャンタル・マギーはスカートを下ろし、再び手を天に向かってかざす。

と、同時に白骨死体たちが一気に動き出す。

――戦闘開始！

僕の右手はすでに複数の触手へと姿を変えている。十本ほどに分かれた細い触手が粘液を滴らせながらうねうねと躍る。挑発するように、フェイントをかけるように常に動き続ける。

何度か複数本の触手を操ってみて、わかってきたコツのようなものがある。

それは意識を集中しすぎないこと、なにかひとつを見るのではなく、自分の周り、全部を見る。木ではなく、森を見る。それでいてひとつひとつの枝の細かい箇所までも見えている。

半分の意識で全体を把握し、半分の意識を触手に渡すことによって、細部の動きに瞬時に反応する。そんなイメージだ。

「なに、剣の達人みたいな目をしてんのよ。触手ぬらぬらさせといて」

シャンタル・マギーが手をかざすと、包囲を狭めていた死体たちがぴたりと動きを止める。

「こんなのどう?」

一斉に白骨死体がその場にしゃがみ、地面に落ちている石を手に取ると、それを一気に僕に向かって投げつける。

全方位からの投石！

死体たちは複雑に位置を変えながら僕に向かって四方八方から投石している。石はかなりの速度だ。当たればそれなりのダメージを受ける。それを触手で防がせて、一気に取り囲むつもりだろう。

さすがシャンタル・マギー、非力ではあるが数のいる白骨死体の使い方に慣れているな。

そう思ったのが、おそらくはっきりとした最後の思考。

ここから僕は忘我の境地へと入る。

十本の触手のうち、半分を防御に回し、投石を弾き返す。

同時に残りの触手で攻撃。感じるがままに白骨死体の頭部に触手を突き、同時に薙《な》ぎ払《はら》い、触手を絡ませ、頚椎《けいつい》をへし折る。

ひとつひとつは複雑な動きだが、全体としてはひとつの統一した意思によって統合されている。指一本一本の動きを意識せずとも果物の皮をむけるように。卵を割るときにそれぞれの指が自然に連動するように。

迫りくる危機を排除し、ターゲットを殲滅《せんめつ》する。

――ぬらり。

ぬらぬらぬらり、ぬらりにゅらり。

ぬらぬら、にゅらりにゅらぬら、ぬらぬらにゅらり。ぬらっ！　ぬらぬらぬらり！

「……やるじゃん」

再び僕が我に返ったとき、シャンタル・マギーは半裸だった。

え!?　いつの間に？　無意識のうちにやってしまったのか……？

四本の触手によって両手両足を拘束されているシャンタル・マギー。

ビリビリに引き裂かれた服。その隙間から覗《のぞ》く小ぶりな乳房。

もう一本の触手が下方からシャンタル・マギーに向けて突き立てられ、いつでも入れるぞと、威嚇をしている。決着のポーズ！

「だけど……、やりすぎじゃない？」

「ご、ごめんっ！」

木を見ずに森を見ていた結果、いつの間にか仲間を剝いて拘束してしまっていた。

慌てて僕は触手を緩め、シャンタル・マギーの拘束を解く。

「本当にごめん！　悪気はないんだよ」

「これで悪気がないのが怖すぎるの！　せめて悪気があってほしいんだけど！」

シャンタル・マギーに変な怒られ方をされるが、やはり平謝りするしかない。


腕慣らしの対戦直後。

「あんたの能力のせいで、気まずいんだけど！」

シャンタル・マギーは膝を抱え座り込んだまま、僕を睨《にら》みつける。

僕が慌てて渡した上着を肩から羽織り、衣服の破れをなんとか隠している。

「ごめんって」

もちろん僕も非常に気まずい。シャンタル・マギーが怒ってくれていることによって、コミュニケーションが成立してありがたいとすら思っている。

「普通さ！　こういう勝負したあとって、お互いの実力を認め合って、仲良くなるじゃん！」

「うん……」

「なんでこんなに気まずくなるのよ！」

お互い全力で腕試しし合った後に芽生えるはずの、お互いを尊敬する気持ち。それは十分に生え育っているはずなのだが、僕の能力の気まずさが圧倒的に上回り、すっかり覆い隠してしまっているのだ。

「えっと……こっちはその……聞きたいというか……もしよかったら……どうぞ」

「本当はさ、勝負して、お互いやるじゃんってなったら、したい話とかもあったんだけど」

僕から目を背け、ぶすーっとした顔をするシャンタル・マギー。

「あのね……」

さらに怖い顔で僕を睨むシャンタル・マギー。

はぁと大きくため息を吐きながらも、話を続ける。

「三日後にサバトあるでしょ」

「うん」

そもそもこの手合わせはサバトの警護のための肩慣らしだと説明を受けた。

「……あんた、どうしてその日がサバトなのか知ってる？」

「知らない……」

シスター・ソフィアからも特に説明は受けていない。

「命日なんだよね。あの人の」

シャンタル・マギーは少し寂しそうに空を見上げる。

「瘴気《しょうき》の魔女クリスティナ・クラーク。わたしを救ってくれた人」

クリスティナ……。はじめて聞く名前だ。

「わたしが星見《ほしみ》の儀《ぎ》を受けたのは十一歳のころでさ」

「早いね」

「ま、眉目秀麗《びもくしゅうれい》の神童ちゃんだったからね」

星見の儀は各地の神官が普段の礼拝で恩寵《ギフト》の素養アリと判断した十歳から二十歳までの男女を集めて行われる。

十一歳で素養アリと判断されるのは十分に女神に強く愛された神童と言えるだろう。

「で、突然慈霊酒《じれいしゅ》を飲まされて、変な能力引き出されて、しかも夷能力《バグ》だ、魔女だって。急に捕まえられて。しばらく牢屋に入れられた後に、馬車に乗せられてどこかに移動させられた。今考えたらあれは醸造所に送られてたんだよね」

「醸造所？」

「魔女と血族の血を搾り取ってファクターAを作る工場。どこにあるのかは誰も知らないけど、言ってみれば魔女の墓場ね。で、わたしは十一でその墓場行きになったんだけど、助けてくれたのがクリスティナ姉さんだった」

シャンタル・マギーは懐しそうに眼を細め、話を続ける。

「クリスティナ姉さんの夷能力《バグ》、瘴気魔法《ラビット・バスター》は吸ったら肺が腐る毒をまき散らす特殊魔法なの。あれで奇襲受けたら、相手がどんな腕利きでもひとたまりもないからね。突然、馬車に飛び込んできて、瘴気魔法で一気にバタバタバタ――って……格好よかったな」

「それって……マギーは無事だったの？」

話を聞いていると敵味方関係なく根こそぎいっちゃいそうな気が……。

「姉さんの瘴気は半径５メートル以内で呼吸した人間の肺を腐らせるけど、逆に五十センチ以内なら安全。しっかりと腕の中にわたしを抱きしめて、それから走る馬車の中に瘴気をまき散らしてくれた。みんな血を吐いて死んだわ」

うっとりと語るシャンタル・マギー。

よくよく想像するとかなりグロテスクな光景だが……。

「それで、わたしすっかり懐いちゃってさ。それから、わたしはずっとクリスティナ姉さんと一緒。姉さんはわたしのことを本当の妹みたいにかわいがってくれた。そしてわたしも本当の姉さんのように慕ってた」

「その方はどうして……？」

亡くなったの？　とは直接聞けず言葉を濁す。

「それもわたしを守るため。任務でヘマしたわたしを庇《かば》って死んだ。囲まれちゃってさ。一人でしんがりを引き受けてくれたの」

三年前の今日、シャンタル・マギーたちは正教会の不正の証拠を入手するためにとある教会に潜入したのだという。しかし、情報が漏れていて、準備万端で迎え撃たれてしまった。

「わたしも戦うって言ったんだけどさ。死ぬのは一人でいいって……恩寵《ギフト》持ちを何人も相手にして……かっこよかったな、姉さん」

シャンタル・マギーの目がかすかに潤んでいるように見える。

「わたしらはさ、基本的に家族も教会に殺されているから、ここで出会ったみんなが家族みたいなもんなんだよ。……シオン、アンタはどうなの？」

シャンタル・マギーと目が合う。怒気は和らいで穏やかなまなざしに変わっていた。

「僕だってそうだよ」

それは間違いなく僕の本心だ。

家族、仲間、そのような存在を得られたことがうれしいし、そんな存在に認められ、頼られることにやりがいを感じている。

「マギー、一緒に正教会やっつけて、自由になろう」

「生意気なこと言ってんじゃない、この新入り！」

シャンタル・マギーはそう言うと、僕に向かってにっと笑ってみせるのだった。

◆

それから三日後。ついにサバトの当日を迎える。

魔女たちの夜会の会場は山道を一時間ほど歩き、ようやくたどり着く洞窟。

洞窟の入り口付近には周囲には薄れかけた浮き彫りの彫刻がある。アスタルテではない別の神を描いた彫刻だ。

シスター・ソフィアの説明によると、この洞窟はかつてはドワーフ族の集団墓地として使われていたらしい。教会の支配が及ぶ前、この地域に暮らしたドワーフたちには土葬の習慣がなく、亡くなると棺桶に入れ、そのままこの洞窟に運び入れたのだという。

そのような伝承もあり、この洞窟は不吉な場所として知られるようになり、寄りつく人もめったにいないのだという。まさに怪しげな祭りの会場としてもうってつけだ。

夕暮れと共に参加者たちが洞窟の中へと集まり始める。

中に入ると、入口からはしばらく細い通路が続き、会場となる地下聖堂の前でセキュリティチェックを受ける。

会場のセキュリティを担当するのは月読みの魔女エリサと葬火《そうか》の魔女メリダ。エリサの夷能力《バグ》テレパスは人の心を読むことができる。ひとつかふたつ質問に答えてもらうだけで本当のお客様かそれとも招かれざる客であるかを正確に見抜くことができるのだという。

そして、招かれざる客だと判断されたときは葬火の魔女メリダの出番だ。

「あ、新入りさん。こんばんは、楽しんでってね」

当然僕はあっさりとセキュリティチェックを通過。

会場となる広大なホールへと通される。

円形の地下広場、壁には無数の横穴が穿《うが》たれており、そこには朽ちかけた棺桶が差し込まれている。それをライトアップするかのように無数の巨大な蠟燭が怪しく揺らめく。

そこにシスター・ソフィアたちが数日かけて作った豪華な料理が運び込まれる。

焼いた塊肉の山、樽で供される赤い葡萄《ぶどう》酒。その他、謎のやたらトロミのある料理。いかにもサバトといった感じのラインナップだ。

その量も壮観だった。

洞窟内の数か所に設置された手製のテーブルに、料理がこれでもかと山盛りに陳列される。

まさに肉林といった状態。

シスター・ソフィア曰《いわ》く、およそ百人前はあるのだという。

そして日没を迎えると、準備した料理にふさわしい数の客が魔女の夜会に現れる。

参加者はおそらく若い男女が中心でみんな仮装している。仮面で素性を隠し、魔女の姿や、道化師のいでたちや艶《なま》めかしい娼婦風のスタイル、男装する女性、女装する男性、それぞれが自分の美意識と愉しみを最大化するための服装をしている。

僕はというと……。なぜか魔女らしい黒のワンピースで女装させられている。

いつもはマリエッタが着ている服らしく、僕が着るとかなりタイトだ。女性用の化粧もほどこされて、とんがり帽子もかぶせられる。

「ふふ、いいじゃないかチンポくん」

そんな僕の姿を見て褒めたのは、僕のこの姿を指示した張本人であるウルスラさん。

「女装の魔女、しかも逞しい触手つき。実にエロティック！　最高にアガるよ」

そう言うウルスラさんはウソみたいな衣装を着ていた。

帯のような布を左右にたすき掛けして胸を隠しただけ、下半身はかろうじて布で隠れている程度で動くたびにほぼ見えている。服を着ているとはギリギリ言えないくらいの状態だ。

「宴がはじまったら参加者はチンポくんに殺到するよ。特にウチの男の信者はキミのソレに目がないだろう。だってこんなの入れずにはいられないじゃないか！」

「いやいやいや……」

「もちろん、無理強いはしない。好きなことを好きなだけする。それがサバトだ。唯一のご法度は自分の気持ちに反すること。望むままに、ね」

ウルスラさんはそう言い残すと、参加者たちの輪の中心へと進み出る。

「さあ、今宵も宴をはじめるぞ。滅びゆく歪んだ世に生まれた喜びをとことん味わい尽くそうじゃないか！」

高らかに宣言すると、控えていた楽団が演奏を開始する。

教会の荘厳な音楽とは全く違う、激しいリズム。

アップテンポな打楽器の音と怪しい弦楽器の音が洞窟に響き渡る。四拍子とも五拍子ともつかない不思議なリズムと女性の嬌声《きょうせい》にどこか似た弦の調べ。ウルスラさんによると南方地域の音楽をアレンジしたもので、これが一番、人を興奮させるリズムなのだという。

洞窟の中央には巨大な焚き火。

焚き火にはツキカゲ蛾の鱗粉《りんぷん》が投入され、赤の炎以外に青、緑の炎を作り出す。

音楽に合わせ参加者たちが踊り、飲み、そして愉しみ始める。

男女、あるいは同性同士が、会話もほどほどに闇へと消えていく。仮面でお互いの顔を隠しているため、顔ですら選べない。なんとなくのフィーリングだけでお互いを選んでいるのだろう……。

「あぁっ！」

陰ではなく表でいたすことを喜びとする男女が焚き火の前で行為を始める。

もし教会に見つかれば、即監獄送り。

そんな光景をただ茫然と眺めていると……。

僕の右腕の袖を引く女性。

「あの、触手使いさんですよね。お噂はかねがね♡」

陶器のようなつるりとした白い仮面で顔を隠している。身体《からだ》はほぼ下着のような露出の多い黒のドレス。仮面に穿《うが》たれたふたつの穴から緑色の瞳がこちらを覗《のぞ》いている。

と、同時に僕の左袖がつんつんと引かれる。

目だけを隠したハーフマスクの半裸の男性。露《あら》わになっている口元が艶《なま》めかしく動く。

音楽でなにを言ったか聞き取れなかったが、間違いなく僕を誘っている。

「あ、あの……すみません！」

僕はふたりに頭を下げると、逃げるように洞窟の奥へと退散する。

なんの因果か右手に触手を宿すようになったものの、僕は元々田舎の農場でおじいさんとふたり暮らしをしていた身、刺激が強すぎる。

……が、逃げようとした洞窟の奥こそ使用中。

「あら、触手の魔女さん♡……いっしょにどうですか？」

さらにそこから逃げる羽目になる。

そして再び広場に戻ればまた声をかけられる。

「チンポさん、わたしと少しお話ししましょ♡」「あ、あの、先っちょだけでもお願いできませんか？」「待てぃ！　拙者とおチンポチャンバラで勝負だ！」

僕は洞窟内を右往左往し、よくわからないお誘いから逃れ続ける。……ていうか最後のはなんだ？

誰にも誘われない安住の地を求めて逃げ隠れ……たどり着いたのはＶＩＰルームのような

場所だった。

しっかりとしたテーブルと椅子が用意され、他よりも高級そうな食事が並んでいる。

もちろん、その場の主はウルスラさん。

「どう？　チンポくん、愉しんでる？」

ウルスラさん自身はサバトを満喫しているようで、すでに帯のような衣装から、いろいろとはみ出してしまっている。

それを全然戻そうとしないので、会話するにも目のやり場に困る。

「僕にはちょっと、というか、かなり早い気が……」

早いどころか、永遠に到達できない気がする……。

「あの……魔女のみんなは？　……その……」

実際こんなことをしているんだろうか？

そう聞くのもなかなかはばかられる状態。

「実のところ、みんな、飲み食いだけだね。魔女といっても、別に誰もが性に奔放《ほんぽう》なわけではない」

その言葉のとおり、別のテーブルではルーナががぶ飲みと言っていいペースで酒をあおっている。なんとも楽しそうに肩を組み、信者らしき人たちとケラケラと笑いあっている。

「食うのもよし、飲むのもよし、ヤルのもよしだ」

その姿を肴《さかな》にするように葡萄《ぶどう》酒を飲むウルスラさん。

「チンポくんはシスターにサバトをする理由は教えてもらったかな？」

ウルスラさんが言う。

「はい……！　変わった性的嗜好《しこう》の持ち主の方々をお招きして、アルローン派への〝理解〟と〝協力〟を得るのだと」

「ふふん、それもある。でもね。もうひとつ大きな理由がある」

「もうひとつ？」

「それはね、シスターのためだよ」

シスター・ソフィアのため？　僕の目は自然に彼女の姿を探す。

会場の片隅でシスター・ソフィアはぽつんとひとり座っていた。

洞窟の最奥、ここが正教会風の地下墓地だったとすると、女神アスタルテを表す円紋《えんもん》が設置されていたはずの場所。シスター・ソフィアはそこにちょこんと座って、にこにこ笑いながら洞窟内で繰り広げられる乱痴気《らんちき》騒ぎを見つめている。

この狂乱の宴の中、彼女のたたずまいは驚くほどいつもどおりだった。しかし、だからこそ、近寄りがたい神々しさのようなものを感じる。

その雰囲気を感じているのか、参加者たちは誰もシスター・ソフィアに声をかけようとしない。まるでこの洞窟にはじめから彫ってあった大聖女の彫像であるかのようだ。

「チンポくんはシスターの瞳術《どうじゅつ》のこと、どこまで知ってる？」

「どこまでというか……かけているところを何度か見たことがあるのと、それから……何度かかかったことが」

「シスターは三種類の瞳術を持っている」

シスター・ソフィアの怪しくも美しい、三重の重瞳《じゅうどう》が脳裏に浮かぶ。

「まず第一の瞳術は星見」

星見、つまりは人の持つ能力を見極める力。

教会の審議官はこの恩寵《ギフト》の所有者であり、その力を使うことによって受儀者に眠る能力の有無を判別する。

「それからシスターと一定時間、目を合わせることによって発動する第二の瞳術。シスター自身が見た光景を増幅して相手に見せる恩寵《ギフト》だ」

シスター・ソフィアの目を見て、そのまま幻を見ているかのように動かなくなった衛兵たち。

その光景を何度か見たことがある。

「どうせ見せるなら、刺激的な光景であればあるほど効果はバツグンってわけだ」

ウルスラさんは今まさに巻き起こっている刺激的な光景をなんとも楽しそうに見渡す。

なるほど、それがサバトを行うもうひとつの意味……。

瞳術で見せる光景を提供しているということか。

「チンポくん、この光景を増幅して見せられたらどうなると思う?」

そう言っているウルスラさんの姿は増幅なしにも目のやり場に困る状態だった。もはや、布でなにを隠したいのかすら理解できない。脇? 脇を主に隠したいのか?

「あまりにも強い刺激で普通の人間は雷に打たれたように動けなくなる。それだけじゃない。人によっては……それもかなりの確率で、瞳術《どうじゅつ》を受けて以降、勃たなくなるらしい」

クスクスと笑うウルスラさん。

今、この光景を見ているだけで軽くめまいがするくらいなのに、これを増幅して見せられたら、そうなるのも無理はない。

「まあ、この理由もしいて言えばの話だよ。基本的には私がヤリたいから、というより、ヤラれたいからヤッている!」

そう言うと、ウルスラさんはもう一杯葡萄《ぶどう》酒を口に運ぶ。

鎖骨と脇腹しか隠せてない服装の人にそう断言されてしまっては、そうなのだろうと思うしかない。

「そして第三の瞳術だ。チンポくんは体験済みだろう?」

——第三の瞳術。僕の力を引き出した、あれのことだ。

「はい」

「第三の瞳術は口づけを条件に発動する。シスターがかつて見た物だけでなく、音、匂い、そのときの感情まですべて相手に注ぎ込む恩寵《ギフト》だ。強い感情で心のタガを外し、対象の中に眠るポテンシャルを一気に引き出す」

「じゃあ、あの光景は……」

脳裏に蘇る、シスター・ソフィアの怪しく輝く紅い瞳。そして、優しい口づけ。

それと同時に流れ込んできた視界全てを覆いつくすような炎のようなヴィジョン。続いて巻き起こる感情の奔流。怒り、猛り、復讐心、それがごちゃ混ぜになった感情が僕の心を制御していた枷をめちゃくちゃに壊したのだ。

「その感情も、かつてシスターが体験したものだ」

あの紅いヴィジョン。全身を貫く、焼けるような痛み。

「ブッとんだだろ？　あの子の見た地獄は普通じゃないからね」

抽象画の中に紛れ込んだかのようで、具体的になにが起こったのかまったくわからなかった。しかし、それが凄まじい体験であったことだけは理解できる。

「第三の瞳術は増幅なしですか？」

「もちろん、増幅などしたら、キミのその立派な息子は力に目覚めるどころか、永久に使い物にならなくなっていたはずだ」

ウルスラさんはそう言うと少し乱暴に僕の肩に手を回し、右腕をペシペシと叩く。

「あ、あの……」

肩に伝わるムニュッとした感触。

その服装はあまりにも人と肩を組むのには向いてないのでは……。

「チンポくん、これは知らないだろう」

ウルスラさんはさらに強く身体《からだ》を押しつけながら話を続ける。

「ある錬金術師から聞いたのだけどね。強く激しい感情を抱くと、脳に小さな穴が開くらしい。チンポくん、キミはシスターによって頭の中にピアスを開けられたんだよ。どう？　興奮する？　キミはシスターの奴隷だ♡」

ウルスラさんは僕の背後から両手を回して、僕の頬に添えると、シスター・ソフィアのほうを向かせる。

「あの子を守ってあげてね」

耳元で囁《ささや》くウルスラさん。

僕の視線に気づいたシスター・ソフィアが場に似合わぬ、柔らかな笑顔を僕たちに贈る。

小さく手を振り、口元が「楽しんでね」と動いている。

さすがに、今日、この状況を楽しむのは、僕には早い。

とはいえ、シスターによって脳にピアスを開けられた話。それには少々というか、かなりの興奮を覚えてしまったのだった。

サバトがはじまって五、六時間は経っただろうか。悪い意味で宴もたけなわだ。散乱する酒瓶と空になった瓶、そして吐瀉物。参加者は服を着ている人間のほうが少ない。人の放つ熱と、欲望の臭気にあてられ、頭がほとんど働かない。ただ呆然と人の痴態を眺めて過ごす。

「少し、外の空気を吸いませんか？」

声の主はシスター・ソフィアだった。僕にそっと冷たい水を手渡すと、かすかに微笑む。珍しくシスター・ソフィアも疲れているように見える。

瞳術《どうじゅつ》のために酒池肉林の光景をその目に焼きつける。やはりそれは精神的に負担があるのかもしれない。

「こっちに裏口があって、外に出れるんです」

地獄絵図のような会場からふたりでそっと抜け出し、シスター・ソフィアの案内で森の中へと向かう。

「いつもサバトに疲れたときはこっそりここで過ごすんですよ」

シスター・ソフィアの足が止まったのは小さな泉の前だった。

半径数メートルほどの円形の泉、その周りをぐるりと囲うように青く深い光がゆらゆらと揺れている。

「エーテルブルームの群生地なんです」

エーテルブルーム……湿地帯に生える小さな花で、日中に蓄えた光で青く発光し、小さな虫を捕食する食虫植物。こんなにたくさん生えているのははじめて見た。

「この光を見ていると、目の疲れが取れる気がするんですよ」

シスター・ソフィアはそっとエーテルブルームの花畑にしゃがみこむと、袋状の花をつんと突く。青い光を放ちながら、ふわふわと舞うエーテルブルームの花粉。

シスター・ソフィアの紅い瞳と相まって幻想的な雰囲気を作り出す。

「あの……聞いてもいいですか?」

ウルスラさんから瞳術《どうじゅつ》の説明を聞いたときに浮かんだひとつの疑問。今、この雰囲気なら聞けるような気がしたのだ。

「なんでしょうか?」

「僕の見た、あれはなんですか?」

サバトの光景が第二の瞳術、相手に幻覚を見せる瞳術の元となるのは理解した。では僕の見た第三の瞳術の光景は?　あの一面の炎はいったい……?

ウルスラさんはシスター・ソフィアの記憶だと言っていた。しかし浮かぶ光景は抽象的でなにが起こっているのか、はっきりとはわからなかった。

「あ、もちろん、言いたくなければ、ぜんぜん……」

僕が慌ててそう付け加えると、小さく首を横に振るシスター・ソフィア。

「あれはわたくしの家族が焼かれているところです」

林を抜ける夜風がエーテルブルームの花を揺らし、青い粒子を舞い上げる。

「ご家族が……」

僕はそれ以上、シスター・ソフィアの言葉をなぞることすらできず絶句する。

「ええ、父、母、叔父、叔母、祖父と祖母、みんな火刑に処されました」

聞くまでもなく火刑を行ったのは正教会だろう。

今まで聞きたくても聞けなかったシスター・ソフィアの過去。

それは予想を超えて過酷なものだった。

「もう忘れてしまいました。わたくし忘れっぽい性質なので」

シスター・ソフィアがにっこりと笑う。

忘れられるものだとも思えないが。

「あの燃え盛る炎と、あの感情は心に焼きついて離れません。ですが、細かいことは随分と記憶が薄れてしまいました。でも記憶が薄れても、あのときの悲しみと怒りはさらに深く、濃くなっている気がするのです」

宙を見つめる三つの紅い瞳。その瞳には怒りの炎が見て取れる。

「わたくしの心の奥の奥から、声が聞こえるのです。……ヤツらを許すな。ヤツらを打倒しろと。わたくしからすべてを奪った者を………せと」

暗闇を睨《にら》みつけるシスター・ソフィア。

よほど強く握りしめているのか、拳《こぶし》が小刻みに震えている。

彼女がこんなに感情をむき出しにするのを目にしたのははじめてのことだ。

「……シスター、大丈夫ですか」

僕はとっさにシスター・ソフィアの手の甲に触れる。

このままにしておいたら壊れてしまう。そんな気がした。

「ごめんなさい……お恥ずかしい」

暗闇から向き直ったシスター・ソフィアはいつもの穏やかな表情に戻っていた。

「魔女のみなさんを新しい家族として大切に思っている、それが言いたかったのですが……まだまだ未熟ですね」

「いえ……」

「思わず話しすぎてしまいました。たぶん、会場の媚薬《びやく》のせいですね。サバトはこれだから困ります」

そう言うとクスクスと笑うシスター・ソフィア。

だけど、青く照らされたその顔は、笑顔なのにどこか寂しげに見えるのだった。

「こんなとこにいたの！」

会場への帰路をのんびりと歩く僕とシスター・ソフィア。

僕たちを迎えたのはシャンタル・マギーの怒声だった。

「いや、これは別にやましいことをしてたわけじゃなくて」

サバトを抜け出してふたりきりで話していたのだ。

誤解されても当然なので、僕は必死に釈明しようとしたのだが……。

「バカ、そんなこと言ってる場合じゃない！」

シャンタル・マギーは僕よりもさらに必死の様子だった。

「どうかしましたか？」

シスター・ソフィアもシャンタル・マギーのただならぬ様子にいつになく緊張した面持ちで尋ねる。

「サバトの会場が襲撃された！」

「相手は？」

シスター・ソフィアの口調にも鋭さがある。

「アナスタシア。西方審問騎士団《せいほうしんもんきしだん》！」

「どうしてここが？　エリサさんは？」

「ちゃんと心読んで、全員、問題なしだったって！」

「……なにか異常は？」

「よくわかんないけど、会場の隅に頭が破裂した死体があって……それとハエがブンブン飛んでたって……」

「とりあえず、会場に戻りましょう」

シスター・ソフィアが率先して走り出す。

ここからサバトの会場まではさほど遠くはない。

走れば数分で戻れるはずだ。

僕とシャンタル・マギー、それに会場にはルーナもいる。シスター・ソフィアを守ることはもちろん、襲撃してきた騎士団を撃退することも可能なはず。

戻ってきたサバトの会場。

「おーい！　こっち！」

裏口から会場に飛び込んできた僕たちをルーナが手を振って迎える。

淫夢のような光景だった会場は悪夢のような様相を呈していた。

逃げ惑う信者たち。戦う意思のない人々に対して容赦なく槍を振るう聖騎士団。

「戦う術を持たない人まで……なんてことを」

シスター・ソフィアの悲しみの色が灯る。

「信者さんを脱出させます。ルーナさん、マギーさん、シオンさん、協力をお願いします」

「シスター、まずいよ……」

ルーナがなにか言おうとして、口ごもる。

「どうしました？」

「勇者エルヴィスが来ている」

ルーナの顔から完全に血の気が引いている。

——勇者エルヴィス。

農場での暮らしが長く、主な話題は作物の生育具合と牛の体調についてだった僕ですら、その名は知っている。現役最強の勇者にして国民の英雄。そして、この国で最も多くの魔女を狩った男だ。

「とにかく、あいつはヤバいよ」

あの負けず嫌いの自信家シャンタル・マギーがそう言うのだ、よほどのことだろう。

「いま、勇者エルヴィスは？」

「正面入り口でメリダが食い止めてるよー」

「ではルーナさんは援護に。メリダさんとルーナさんでなんとか時間を稼いでください」

そこまで言うとシスター・ソフィアは僕に向き直る。

「シオンさんとマギーさんは信者のみなさんを守って脱出させてください」

「みなさん、約束してください。無理は禁物、危ないと思ったら、任務を放棄して逃げること」

シスター・ソフィアの指示に従い、ルーナとシャンタル・マギーが駆け出していく。

残っているのは僕とシスター・ソフィア。

まっすぐに僕を見つめているシスター・ソフィアの瞳、昇りたての月のように怪しく紅く粘性を持った輝きを放っている。

「シオンさん、あなたの力をお借りします」

艶《なま》めかしく動く唇。

シスター・ソフィアが背伸びして僕の首に両手を回す。

――ドクン!

唇と唇が触れ合い、僕の心臓が大きく高鳴る。

と、同時に広がる紅くゆがんだ風景。

……人が焼かれている。黒いローブを着た女性が柱に括《くく》りつけられたまま、炎に包まれている。これは重罪を犯した魔女に対して行われる刑、火刑だ。

肌に熱を感じる。じりじりと痛みのような熱を感じる。

あっという間に黒衣の女性の全身に炎が回る。もはや身もだえすらしていない。

ニヤニヤと笑う男の顔。そして、火柱と化した女性をただ無表情のまま見つめる女の子。

なぜこんなことを……。

僕の心に流れ込む、怒りと悲しみがごちゃ混ぜになった激情。

この世界すべてをぶち壊してしまいたいと思うほどの強い破壊衝動。

欲情ではない強烈な情動に刺激され、僕の精神は猛り、痛いほど張り詰めてる。

——ズルリ。

それにより僕の右腕が触手へと変わる。

「大丈夫。あなたの大切なものは僕が守ります」

僕はシスター・ソフィアに背を向けるとゆっくりと阿鼻叫喚の中へと進む。

張《みなぎ》っている……。シスター・ソフィアによって引き出される触手はやはり特別だ。

しかも、掴《つか》みつつあった触手のコントロール方法をシャンタル・マギーとの訓練で完全に掴んだ感覚がある。

今なら誰にも負ける気がしない。

揺れる炎。必死の形相で逃げ惑う信者たち。

そして嗜虐《しぎゃく》的な笑みを浮かべ、それを追う聖騎士《パラディン》たち。

そのすべての動きを完全に把握できる。

両手を振り上げ叫ぶ信者の男性。手の間をすり抜け、弧を描くように聖騎士の顔面に触手をぶち込む。

と、同時に触手を使って地面を蹴り、その場を離れる。

さらにもう一本の触手を洞窟のくぼみにひっかけ壁面へと取りつく。

目線が上がったおかげでさらに状況がつぶさに把握できる。

女性信者に覆いかぶさる聖騎士《パラディン》の尻に触手をぶち込む。

そして今度は触手を伸ばし天井に。

──洞窟は触手との相性がいい！

触手を操り、壁を伝い、天井を奔《はし》る。

「くそっ！　バケモノめ！」

僕をののしる聖騎士の声、しかし、むしろ今はその罵声《ばせい》が心地いい。

なぜなら、その声は明らかに恐怖に震えているのだから。

ゆらゆらと揺れる炎、奇妙な衣装で着飾った信者たち。サバトの演出も利用して、とことんまで恐怖を増幅させてやる。

この怯えが全体に広がれば、騎士たちは総崩れになり、作戦行動が不可能になるはず……。

──貞節の危機におびえるがいい！

僕を罵った聖騎士の脚に触手を絡みつけると、ゆっくりと吊るし上げる。

あえて目立つよう高々と持ち上げ、地面へと勢いよく叩きつける。

そのまま動きを止めることなく、勢いよくひっぱり上げ今度は天井へと叩きつけ、さらに壁へとぶつける。

大げさかつ過剰な攻撃。

さあ、パニックに陥れ！　恐怖に震え、逃げ惑うがいい！

そうすれば一気に形勢逆転。ここにいる全員を逃がし、魔女たちを守ることができる。

が、僕の思惑どおりに事は進まなかった。

「だって、しょうがないだろ、めっちゃ熱かったんだから！」

洞窟内に響く男の大声。

すさまじい大声だが、まったく緊張感がなく、子供のような口調。

悲鳴と罵声、怒声と泣き声、感情的な声で埋め尽くされていた洞窟内が一気に静まり返る。

静まり返った洞窟に次に響いたのは、ドサッという低い音。

音の方向から、黒い球体が勢いよくこっちに向かって転がってくる。球体が転がると、その軌道をなぞるように地面に赤黒いラインが生まれる。

やがて球体が動きを止め、その正体を現す。

……生首だった。

無造作な赤髪のショートヘア。いつも怒っているように見える切れ長の目。

メリダの頭部だ。

「殺すなと厳命したはずだ」

「一人しか殺してないし！」

入口の方向から大声の主が姿を現す。

男は聖騎士の鎧を身にまとっていなかった。いや。それどころまったく防具を身に着けていない。緩やかなシルエットのリネンのチュニックをまとっているのみ。背中には身長ほどもある大ぶりなロングソードを背負っている。

そしてその逞しい右腕はひとりの女性を抱えている。

ルーナ！

小脇に抱えられたルーナはぐったりとしたまま、なんの反応もない。

生きているのか？　それとも……。

「シオンさん、あれが勇者エルヴィスです」

天井にぶら下がっていた僕の真下にいつの間にかシスター・ソフィアの姿がある。

その視線は勇者エルヴィスではなく、隣に立つ女騎士へと定められている。

僕はシスター・ソフィアを守るように天井から彼女の側へと降下する。

「お久しぶりです。ソフィア様」

女騎士は距離を保ったままシスター・ソフィアに向かって膝をつき、恭《うやうや》しく騎士の礼を取る。

「…………」

しかし、シスター・ソフィアからは何の返事もない。

「アナスタシア・スターリアです。まさか、お忘れですか？　瞳術《どうじゅつ》の使いすぎでは？」

それでもシスター・ソフィアはなにも答えない。

それどころか表情すらまったく変えることはない。

まったくの無表情。赤い目でただまっすぐにアナスタシアを見つめ返すだけ。

「ねえ、こっちは殺していいんだっけ？　血を搾らないでしょ？」

「ふざけたことを言うな」

アナスタシアは刺すような声で警告する。

「はいはい。生け捕りね。めんどくせーなー」

エルヴィスが一歩前に出た分、シスター・ソフィアが一歩下がる。

「シオンさん、わたくしの瞳術で突破口を開くので、どうにかして脱出しましょう」

「でも……」

ルーナはまだ生きているかもしれない。

先ほどエルヴィスはひとりしか殺してないと言っていた。

その言葉を信じるならルーナはまだ息はあるはずだ。

「エルヴィスとやりあえば、確実に殺されます。シオンさんまで失うわけにはいきません」

「ソフィア様。まさか、お帰りですか？　まだゲストのみなさんはあんなに残ってるのに」

アナスタシアは周囲を見渡し、冷ややかな笑みを浮かべる。

逃げ惑う信者たちはシャンタル・マギーの誘導で裏口から避難している。しかし、まだ三十人ほどは残っているだろうか。

僕たちの目の前で残った信者たちは次々と聖騎士《パラディン》たちに捕縛されている。

「シオンさん。残念ですが、ここは……」

僕の左腕を引き、わずかに下がるシスター・ソフィア。

しかし、その気配をエルヴィスは見逃さなかった。

「逃がしはしないぞ。邪悪な魔女のボスめ！」

エルヴィスはシスター・ソフィアをビシッと指さすと、いかにも勇者然としたセリフを言い放つ。

「……っ！　おっと！　あんたの目は見ないぜ！　じろじろ見なきゃ、瞳術《どうじゅつ》にはかかんないよな！」

全力で身体《からだ》ごと方向転換し、明後日《あさって》の方向を見るエルヴィス。

シスター・ソフィアの瞳術を警戒しているのだ。

たしかに、目を見なければ瞳術にはかからない。ただし思いっきり隙《すき》だらけだが……。

まったくこっちを見ずに身構えもしないエルヴィス。

こいつ……バカなのか？　こんなヤツに仲間を殺されたのか……。

どうにも無防備な頬に一発喰らわせてやりたい衝動にかられる。

「シオンさん！」

わかっている。やめておけと言いたいのだろう。

だが、シスター・ソフィアは知らないのだ。今日の僕はすごく調子がいいことを。相手の動きがすごく見える。もしかしたら、触手に少し脳が浸食されているのかもしれない。

なにより僕の触手はまだまだギンギン。ヤル気満々だ。

ズルリ……。

触手が粘り気のある音を立てる。

興奮が伝わったのか、さらに触手の数が増える。その数は十五。これまでで最高の本数だ。

「おらっ！」

――先制攻撃。

明後日の方向を向いているエルヴィスの頬に向かって全力の一撃を射ち込む。

「ぐっ！」

不意打ちの一発を喰らったエルヴィスは大きく顔をのけぞらせたものの、すぐに体勢を整え身構える。

――させるか！

勃《ぼ》ッ！　勃ッ！　勃ッ！　勃ッ！　勃ッ！　勃ッ！　勃ッ！　勃ッ！　勃ッ！　勃ッ！　勃ッ！　勃ッ！　勃ッ！　勃ッ！　勃ッ！　勃ッ勃ッ勃ッ！　勃ッ！　勃勃ッ勃勃勃ッ！勃ッ！

触手を同時に操り、絶え間なくエルヴィスに向かって射ち込む。

脳のテッペンがチリチリと熱い！

十本を超えた触手は指を動かす感覚では操作できない。戦いながら現在進行形で脳が指令系統を新設していく。

脳の経路が開設されるごとに、触手の動きは複雑かつ精緻になる。

ある触手はまっすぐに、一本はフックしながら、もう一本はそれをかわした先を狙うように。さらにそれを目くらましにしておいて、複数本を融合した太い一撃を射ち込む。

「ぐはっ！」

細かいステップを踏み、触手をかわそうとするエルヴィス……、だが、割と当たっている！

拳闘のスタイルで上半身を振り、身を屈めて触手を避けるが、触手の数が多くて避けきれていない。前方からの一撃を身を屈めて避けたところに下から抉《えぐ》るような一撃がエルヴィスの顎にヒット。エルヴィスの頭が大きく揺れたところに、さらに追撃がエルヴィスを捉える。

強い衝撃が触手越しに伝わる。かなりの手ごたえだ。

しかし――。

「どうした、それで終わりか？」

エルヴィスは依然として軽やかにステップを踏みながら、かわせている体《てい》で接近してくる。

「バケモノ……！」

「バケモノはお前だ、触手野郎！」

エルヴィスが鋭い踏み込みで一気に間を詰めると、ロングソードを抜き、そのまま身体《からだ》をねじって、力を溜める。

──ヤバい！

突如として身体に怖気が走る。死の直感！　僕の本能が強い警告を発している。

僕はその直感に追い立てられるようにエルヴィスのむき出しの背中に向かって、触手の連打を射ち込む。背骨に、脇腹に、肩に、使える触手すべてを使って全力の連撃を食らわせる。

──クソッ倒れない！

「射ッ！」

後頭部に全力の一撃！

ぐらりと揺れるエルヴィスの身体。

が、倒れず、体勢を整えるエルヴィス。弓を引き絞るかのように力を溜めて──。

──ダメだ！　止まらない！

僕は触手で地面を突いてエルヴィスの刃圏から離脱する。

大きく後方に跳躍して、十分な距離を──。

──ッ!!

突如、右腕を襲う強烈な痛み！

どすっと鈍い音を立てて、触手の束が地面に落ちる。

一本二本ではない、十本以上落ちている。

右腕を見ると、そこに残っているのは二本の触手のみ。斬り落とされた十三の切断面からは大量の粘液がぼたぼたと流れ落ちている。

「どうだ！　これが勇者ストラッシュだっ！」

——斬られたのか⁉　いつ？　どうやって？

大仰な、無駄の多い、隙《すき》だらけの構え。しかし、そこから繰り出された横薙ぎの一撃は驚くほど速かった。

痛い……。

痛い！　痛い！　痛い！　痛いっ！

クソッ、痛みでなにも考えられない。どうしたらいい？　エルヴィスはどこだ？

僕の後頭部への一撃が多少効いていたのか、頭をさすりながら、悠然とこっちに歩いてくる。

どうする？　どうしたら……。痛い！　痛いっ！

「シオンさん！　シオンさん！」

シスター・ソフィアが僕に向かって駆け寄ってくる。

全身を襲う激痛。身体《からだ》が痛み以外を感じる器官を失ってしまったかのよう。

その中でシスター・ソフィアの手が触れている背中だけが温かい。

「危ない……ですよ、シスター」

「ええ、逃げましょう、シオンさん」

シスター・ソフィアの表情はいつもと変わっていなかった。怯えも動揺もなく、朝食を出してくれたときと同じように穏やかな笑顔。

逃げる……でも、どうやって？

すでにエルヴィスが目前に迫っている。

「魔女のボスだな！　正義の刃からは逃げられないぞ！」

エルヴィスがシスター・ソフィアに向かってロングソードの切っ先をかざす。

ひるむことなくまっすぐに見つめ返すシスター・ソフィア。

睨《にら》み合うふたり。

「……ぬっ、ぬへらっ⁉」

突如、エルヴィスの焦点が定まらなくなる。

「瞳術《どうじゅつ》が効いたみたいですね。シオンさん今のうちに」

しかし、身体が動かない……。

なんとか、立ち上がろうとするが、激痛に耐えられず、またへたり込んでしまう。

「ったくしょうがないな！」

僕とシスター・ソフィアを守るようにエルヴィスの前に立ちふさがったのは……。

死霊術《ネクロマンス》の魔女シャンタル・マギーだった。

「勝手につっかかって、やられてんじゃないわよ！」

両手を高くかざす、シャンタル・マギー。

両方の鼻孔からはすでに鼻血が流れ出ている。

「いっけえええええっ！」

壁に穿《うが》たれた無数の横穴からはい出す白骨死体。

小柄だが、骨は太く、しっかりとした体躯《たいく》だったことが偲《しの》ばれる。

そう、ここはかつてドワーフ族の墓場だった地。

「わたしに勝っといて、こんなあっさりやられたんじゃ、結果、わたしが弱いみたいじゃん！」

ガラリ、ガラリと人生ではじめて聞く奇妙な音を立て、壁から一斉に白骨死体が降りてくる。

その数は数えられるレベルではない。百か二百か？　いまだ増え続けている。とにかく無数の死体が壁から這《は》い出し続けている。

まさに悪夢のような光景。

地面に下り立った白骨たちはいまだ虚空を見つめるエルヴィスに向かって次々と襲いかかる。

「いけいけいけいけいけいけーっ！」

ドワーフの死体がエルヴィスに殺到して、あっという間にエルヴィスの姿が見えなくなる。

さすがに世界最強の勇者も無防備な状態であの数の攻撃を受ければ、無傷ではいられないはず。しかし、あの異常なタフさ。倒せるとは思えない。この後、瞳術《どうじゅつ》が解けたら……。

「とっとと逃げろ！　バカ！」

「で、でも……」

「クリスティナ姉さんと約束したんだよね。今度はわたしが仲間を守るって……」

シャンタル・マギーの鼻からはどぼどぼと鼻血が流れ落ちる。

さらに殺到する白骨死体。もはや白い山と化している。

「マ……マギ……も」

が、僕の言葉は途中で遮られてしまった。

一体の白骨死体が強引に僕を背中に背負うと、そのまま裏口に向かって走り出す。

ぐんぐんと遠ざかる白骨の山とシャンタル・マギー。

——一緒に逃げよう。

直後、白骨の山が爆《は》ぜる。勢いよく四散する無数の骨。猛然と立ち上がるエルヴィス。

僕が見た光景はそれが最後。

僕はドワーフの白骨死体に背負われながら気を失ってしまったのだった。


僕の意識が戻ったのはおそらく数時間後。目覚めた僕の視界に飛び込んできたのは、鼻先に広がる地面と、その地面に散らばるドワーフの白骨だった。

ドワーフの骨は森の中をしばらく走ったのち、僕を背中に乗せたまま、突然ばらばらになったらしい。そして僕は地面に投げ出され、その衝撃で目を覚ましたのだ。

ドワーフのものとはいえ、白骨死体だ。僕を背負っての全力疾走で膝の関節が限界を迎えたのだろう。

そこからはシスター・ソフィアの肩を借り、ゆっくりと、ゆっくりと森の奥へと歩を進める。

まだ夜が明けるまで時間があるが、僕たちは岩陰で火も焚かずにうずくまる。

「魔女の教会にはしばらく戻れません。追っ手がいたらマズいことになりますので」

「そう……ですよね」

サバトの会場はなぜかアナスタシアに察知されていた。敵の能力がわからない今、魔女の教会に戻るのはリスクが高い。

「痛みますか？」

「はい……」

右腕の痛みは治まることなく、むしろ全身に広がっている。息をするだけでも苦しい。

「どうにかマリエッタさんと合流できれば、鎮痛剤を作ってくれると思うのですが」

「……ぶ、無事ですかね？」

「約束どおりに動いていただけていれば」

どうやら、こういう事態に対する備えはあるらしい。

「とにかく、三日ほどこの森の中で身を隠します。身の回りのことはすべてやりますから、シオンさんは休んでください」

「ありがとうござ……」

再び、僕の意識が……遠のく……。

痛みと、肉体の疲労そして精神の消耗。すべてが限界に達したのかもしれ……。

次に僕の視界が捉えたのは、シスター・ソフィアの下着姿だった。

「あら、シオンさん、起きたのですね」

シスター・ソフィアは僕が目を覚ましたことに気づき安堵《あんど》の表情を見せる。

「あ、お見苦しい姿ですみません。シオンさんが眠っているうちに、服を洗濯してしまおうと思いまして。ほら、山を駆け巡って着替えもありませんので」

僕に向かって微笑むシスター・ソフィアは身体《からだ》のラインが露《あら》わになる下着姿だった。

「食事を取りますか？　といっても果物くらいしかありませんが。右腕は動きますか？」

「……ダメですね」

右腕の痛みは引いたが、今はまったく何の感覚もない。

腕に力を込めて持ち上げてみようとするが、ピクリとも反応しない。まるで人形の腕がひっついているだけのようだ。

「食べさせてさしあげますね」

シスター・ソフィアは僕に身を寄せると、木イチゴを僕の口へと運んでくれる。

かなり刺激的な状況……。

ただでさえ刺激的な服装、どうしても意識はそちらへと持っていかれる。

少し甘い木イチゴの香りすら、むしろ、淫靡《いんび》な演出に感じる。

触手が出せるなら、すぐに出ていたはず。だが右腕は無反応のままだった。

つまり、今は触手が使えないということか……。

そんなことを考えながら、木イチゴを食べさせてもらう。

ゆっくりと身体《からだ》に染み入る果実の甘みと水分。

空腹が満たされるものではないが、弱った身体にはこれくらいがちょうどいい。少しずつ、元気が湧いてくる。

「シオンさん、歩けますか？」

食事を終え、しばらく休んでいた僕にシスター・ソフィアが尋ねる。

すでにいつもの修道服姿に戻っている。どうやら服は乾いたらしい。

「ゆっくりなら、たぶん。あの、どこまで行くんですか？」

「サバトのあった洞窟です」

「……！　戻るんですか？」

「そろそろ騎士たちも引き上げたはずですし、戻ってやらなければいけないことがあります」

シスター・ソフィアはそう言うと僕に向かって手を差し出す。

三日ぶりに戻ったサバトの会場。

酒池肉林の宴の会場は惨劇の跡地と化していた。

転がる無数の死体。血が変色し衣服に黒々としたシミを作り、肌は血の気を失い真っ白になっている。そして長い眠りから目覚め、大暴れした後、再び眠りについた無数のドワーフの白骨がばら撒《ま》かれたように散らばっている。

放置され腐った食事と酒の臭い、そして死臭。

もしかしたらと思い、ルーナ、そしてシャンタル・マギーの姿を探すが、生きている姿もそして死体も見当たらない。

ふと、シスター・ソフィアの足が止まったのは、「なんでもない場所」としか言いようのない場所だった。

「ここになにがあるんですか？」

僕の問いに答えず、なんの変哲もない洞窟の壁をじっと見つめるシスター・ソフィア。

「日がもっとも高くなるとき、影は最も小さくなる、されど、その影は消えず。光と闇、両者とも共にありて、相互に結びつくものなり」

シスターがアスタルテの聖典の一説を読み上げる。たしかヴェラドリスの語録の一説だ。

その直後――。

どさっという音と共に崩れ落ちる人影。

――リアナだ。

スニークの夷能力《バグ》を使っていたのだろう、むしろ崩れ落ちてはじめてリアナがいたことに気づいた。

「おか……えり……シスター」

シスター・ソフィアを見上げる目は真っ赤に充血している。唇はカサカサ。

リアナのスニークは自分と自分が触れているものの気配を完全に消すことができる。

僕たちがここに戻ってくるまでの、三日三晩、その間スニークをずっと発動していたということか……。

「おみごとです。リアナさん。今、飲み物を差し上げますね」

シスター・ソフィアは汚れた洞窟の床に構うことなく座り、太ももにリアナの頭をのせる。

「みっか……立ちっぱなし……っ、疲れ……た」

膝枕されてかすかに微笑むリアナ。

そのリアナの真後ろの壁、さっきまで立っていたであろう場所、そこにいつの間にか小さな横穴が出現している。いや、出現したのではなく、元からあったのだろう。リアナが背中で覆い続けることでその存在を消していたのだ。

「この先に、小さな部屋があります。リアナさんとはなにかがあったときは、そこにみんなを逃がし、それからスニークの夷能力《バグ》で隠してほしいとお願いしていたのです」

さっき聖典の一説を読み上げたのはおそらく、スニーク解除の合図。

相手にもどんな恩寵《ギフト》を持つ人間がいるかわからない。

シスター・ソフィアに成りすますくらいのことは十分にありえる。

「リアナさん、身体《からだ》は大丈夫ですか？　すぐに飲み物と食べ物を用意しますからね」

かすかに頷《うなず》くリアナ。

そして絞り出すように途切れ途切れの声を出す。

「……ぎりぎり……まで……我慢して……オシッコ漏らすの……ちょっと興奮した」

それだけ言うと、リアナはシスター・ソフィアの膝の上で気を失ってしまった。

……最後に残った力をふり絞って言うことか？

僕はそう思わざるを得ないのだった。


リアナが三日三晩守り通した洞窟内の小部屋。

そこにはマリエッタと幾人かの信者たちの姿があった。料理の手伝いをしていたナナゥの姿もあるが……、やはりルーナとシャンタル・マギーの姿はない。

「奴らが乗り込んでくる前に戦えない者をなるべく収容したのだ。それ以降は一度もスニークを解除せずにいた。かなりの人数を見捨てることになってしまった……」

マリエッタがシスター・ソフィアに報告する。

「仕方がありません。これだけの人数を助けてくださってありがとうございます」

「ひとつ、残念なことを伝えなければいけない」

「どうかしましたか？」

「ウルスラさまが連行されてしまった」

マリエッタはがっくりと肩を落としながら、話を続ける。

「ボクたちがここに隠れる時間を作るために、自ら騎士団の前に立ちふさがり、自分の土地に勝手に入るなと、立ち入りを拒んでくれたのだよ。もちろん、聖騎士《パラディン》がここに踏み込むということは、大聖女ルシアの令状を用意してのこと。それでも抵抗したが、捕縛されてしまった」

「おかげで時間がかせげて……これだけの人を隠すことが……できた」

「……さすがウルスラさまです」

シスター・ソフィアは自分の感情を押し殺すように「ふぅーっ」と小さくため息をつく。

守り通せた人間の数は十数人から二十人ほど。この部屋で隠し通せる人数としては限界だったろう。

この人たちはこの三日三晩、この部屋でじっと隠れていた。だからあの惨状はなにも見ていない。しかし……。

「リアナは見てたんだよね、一部始終を。ルーナは？　マギーはどうなった？」

なにか見ているとすれば、ここで微動だにせず立っていたリアナだけだ。

なんとか脱出した、逃げてどこかに行ってしまった。そんな言葉がリアナから出ることを願いながら僕は尋ねる。

「みんな……連れていかれちゃった」

「どこに？」

「わからない……エルヴィスは殺そうとしてたけど、女の偉い人に止められて……全員縛られてどこかに……」

厳しい現実。やはりあのエルヴィスから逃げることは無理だったか……。

これからどうなるのか……。

自然にシスター・ソフィアに視線が集まる。

「大丈夫。殺されはしないはずです」

シスター・ソフィアがまずそうに断言し、言葉を続ける。

「正教会の目標は魔女の殲滅《せんめつ》、おそらくウルスラさまを徹底的に拷問にかけて、逃げたわたくしとシオンさんの居場所を吐かせようとするはず。殺しては情報が得られませんから」

「マギーとルーナたちは？」

「魔女もそう簡単には殺さないはずです。適当に処刑してしまってはもったいないですから」

「魔女の血はファクターAの貴重な材料だからね」

マリエッタがシスター・ソフィアの見解に補足を加える。

「じゃあ今はどこに？」

「ウルスラさまの居場所はわかりませんが、マギーさんとルーナさんの居場所はわかります」

シスター・ソフィアの言葉にマリエッタがすかさず反応する。

「醸造所かね？」

恩寵《ギフト》を引き出す慈霊酒《じれいしゅ》。その製造工場をシスター・ソフィアたちは醸造所と呼んでいる。その慈霊酒は魔女の血が元となるのだから、貴重な原料である魔女は製造工場である醸造所へと送られる。そういうことだろう。

「問題は醸造所がどこにあるかだな。ボクも教会付きの錬金術師として働いていたが、醸造所の場所に関してはまったくなんの情報も得られなかった」

「誰も見たこともない、聞いたこともない施設があるとしたらどこだと思います？」

シスター・ソフィアにはどうやら場所の見当がついているらしい。

「どこって……急に言われても」

珍しく困ったような顔をするマリエッタ。

「あるじゃないですか、一般人が誰も立ち入れない、見ることも、中の様子を聞くこともできない場所が」

シスター・ソフィアの言葉の意図を察したマリエッタの表情が一変する。

「まさか……〝神域〟か」

「正解です」

微笑むシスター・ソフィア。

しかし、話を聞いていた全員の顔が曇る。

「……女神さまの土地だよ。人間が入ったら……帰ってこれない」

「リアナさん、それは教会が作ったウソだと思いませんか？　恩寵《ギフト》ですら薬で無理やり引き出さなければ生まれないのです。ということは、女神の暮らしている神域だって……すでに……」

神域は女神が生活するいわば私有地。人間が入れる場所ではないし、誤って足を踏み入れた者は二度と出ることはできない。この国に住むものなら当然のこと。常識だ。

アルローン派の信者であるここにいるみんなですら同じ認識のはずだ。

「だからこそ、絶好の隠れ蓑《かくみの》になると思いませんか？　わたくしは神域に醸造所があると確信しています」

「面白い説だな。それで？　どうするつもりなのかね？」

「はい。教会側は今回の襲撃の成果を満足に上げられていません、わたくしとシオンさんはもちろん、逃亡した魔女たちを草の根をわけて捜しているはずです」

「ふむむ、それはそうだろうね」

「多勢に無勢。この近辺で逃げ隠れしても、遅かれ早かれ見つかります」

「それもその可能性は高いね」

「で、あればむしろ相手の懐《ふところ》に入るべき。そう思いませんか？」

「ふむ。それで神域にあるとおぼしき醸造所に……」

「教会も神域内に派遣できる人間はごく少数のはず。警備は手薄。このあたりで逃げ隠れするよりずっと安全だと思われます。しかも、醸造所にはルーナさんやマギーさんだけでなく魔女と断定された方々も多数監禁されているはず。そして、大量の慈霊酒《じれいしゅ》も」

「なるほど、もし魔女の血族と慈霊酒を破壊されれば、星見《ほしみ》の儀《ぎ》は当分、中止せざるを得ない。そうなれば教会は大打撃だ」

「醸造所の破壊は止める。その代わりにウルスラさまの解放を要求する。十分に交渉可能な条件だと思いませんか？」

「ふむむ……おもしろい。おもしろいが、危ういな」

たしかに危うい。

そもそも醸造所と呼ばれる施設が本当に神域にあるのか？

本当に警備は手薄なのか？

ルーナとシャンタル・マギーは本当にそこにいるのか？

そして人質交渉に応じるのか？

仮定の上に仮定を重ね、推論の上に推論を重ねた状態。一つでも間違っていれば、すべてが瓦解《がかい》する。

「どうですか。わたくしを信じて着いてきてくれませんか？」

「……」

マリエッタとリアナからはっきりとした返事がない。

無理もない。神域とはそういった場所だ。子供のころに刷り込まれた恐怖はそう簡単には払拭できはしない。

「ボクだって仲間を助けたいという思いは同じなのだ。でも、もう少し確証が欲しい」

マリエッタの言うこともっともだ。

推測の域を出ない計画では無謀としか言いようがない。

「時間がありません。すぐには殺されないといっても、いずれは殺されます。それに、こうしている間にも我々への追跡は続いているはず」

沈黙が続く。

当然のことだ。戦闘能力のある魔女はすでに全員が捕まってしまい、残っている僕も触手が出せる状況ではない。

醸造所と呼ばれる施設がどのような警備状況なのかわからないが戦闘になれば確実に負ける。

それなら……。

「僕が行きます」

シスター・ソフィアが驚いて、真ん丸な目で僕を見つめる。

「僕の触手なら交渉のハッタリには使えるはずです。今、コイツが使えないことは相手は知らないですから」

僕の脳裏にはシャンタル・マギーの姿が浮かんでいるのだ。

僕を守り、堂々とエルヴィスに立ち向かったあの姿が。

ずっと欲しかった仲間。そしてその仲間がピンチに陥っている。

このまま見捨てるなんてできない。

心の底からそう思う。

僕は幼いころに両親を亡くし、血の繋《つな》がらないおじいさんと農場で二人きりで暮らした。

農場の仕事は忙しく、人づき合いも大人だけ。友達を作るような機会はなかった。

そんな僕が魔女の教会に招かれ、シャンタル・マギーやルーナと過ごし、初めて仲間を得たと感じたのだ。

同じ目的のために、助け合い、競い合い、運命を共にする仲間。そのような存在にはじめて出会えたのだ。

その仲間が僕を助け、囚われの身になっている。

このまま放置したら自分のことが許せなくなってしまいそうだ。

「いいんですか？」

「僕はシスターの切り札ですから」

僕がそう言うと、にっこりと微笑みを返すシスター・ソフィア。

「よかった。一人で行くのは少し寂しいと思ってたので」

強く、優しく、どこまでもピュア、だからこそ怖い。

――邪教のシスターと忌まわしき触手憑《っ》き。

神に仇なす二人が神の地へと足を踏み入れる。

# 6 神域と触手

――神域。

この国の人間であれば子供だろうと知らぬ者はいない女神アスタルテの住まう清浄の地。

不浄なる人間が許可なく足を踏み入れれば、二度と戻ることはできない禁断の園。

当然ながらここに立ち入るのは人生ではじめてのこと。

広さは十万人規模の街がすっぽりと入るくらいの規模。その周囲をぐるりと堀で囲み、人の侵入を防いでいる。

橋が渡っているのは神域の真北に位置する聖女の聖堂から架かる一本のみ。僕たちはその端から最も遠い南側の森から、いかだを使って侵入する。

「すごいなぁ……。木がすっごく古いにゃあー」

神域に足を踏み入れて最初に感嘆の声を上げたのはナナゥだった。

シスター・ソフィアと僕のふたりだけの救出を決めた翌日、突如、参加を申し出たのだ。

「シオン、大変。だからナナゥが助ける」

ナナゥは樹齢千年を超えているであろう巨大な広葉樹を見上げて、獣人族特有の大きなエメラルド色の目を輝かせている。

「本当にいいの？　神域だよ」

「うん、ズーラ族は助けてもらったら、ぜったいに恩返しするの」

ナナゥがまっすぐに僕を見つめる。その目にはまったく恐れの色はない。

自分が役に立つか、危険度は？　計画が成功する確率は？

おそらく、ややこしいことはなにも考えていない。本当にただ助けに来てくれたのだ。

実際にナナゥは頼りになった。

人間族よりもはるかに耳と鼻が利き、方向感覚にも優れている。

俊敏で体力もあり、恩寵《ギフト》所有者ほどではないが、通常の人間より力もある。

「さあ、行きましょう。醸造所があるとすれば、聖女の大聖堂の付近のはずです。遠くに作るメリットがありませんから」

シスター・ソフィアの推測によって僕たちは神域を南から北へと縦断する形で歩くことになる。神域の縦断。本来であれば不敬極まりない行為。

一日と待たずにこの地の主である女神アスタルテの罰が下り、絶命する。

この国に暮らす人間なら誰もがそう考えるのだが……。

驚いたことに、一日、二日と神域で過ごしても特になにも起こらなかった。

人の手の及んでいない原生林をかき分けながら、少しずつ北上する。

そこで僕たちの目に入ってきたのは……。

「あーっ、これ見てーっ」

先行するナナゥが僕たちを呼ぶ。

ナナゥが見つけたのは小さなあずまや。おそらく女神《アスタルテ》のために作られたものだろう。

しかし、長い間放置されたため、屋根が落ち、廃墟《ガゼボ》と化している。

「女神さまが訪れた形跡はないですね」

落ちた屋根は苔むし、隙間からは木の芽が出ている。女神の好物のはずの葡萄《ぶどう》の木もすっかり枯れて、実をつける気配もない。

朽ち果てる寸前だ。

女神アスタルテがもう必要ないとして、放置したのだろうか……。

そもそも神域とは正教会の教えどおりの場所なのだろうか?

僕が習った神域とは女神が暮らす美しい庭園。

花が咲き乱れ、鳥が歌い、女神のための美しい宮殿を彩る。そのようなもの。

経年で建物が朽ちること自体、神域にふさわしくないように思える。

「女神さまはどこにいるのかにゃ?」

「ナナゥさん、今は先を急ぎましょう」

シスター・ソフィアはナナゥの問いに答えることなく歩き始める。

その後も僕たちはうっそうとした木々の隙間を縫うように北へと進む。

その間、目に入ったのはいくつかの廃墟だけだった。

僕が恐れていたこと。

女神が現れ、禁を犯した僕たちを罰する――。

そのようなことはまったくなかった。

何事も起こらず、ただ森の中を歩き続ける。

ついに何事かが起こったのは、日も暮れかかったころだった。

「ぬぬっ？　にゃぬぬぬ？」

ナナゥが突然、木の根元にしゃがみこむ。

どこの森でもよくあるコボルトクヌギ、特に大木でもなく形が珍しいようにも見えない。

「ふんすか、ふんすか」

鼻を近づけ一心不乱にコボルトクヌギの根の周りを嗅いで回るナナゥ。

獣人族の嗅覚は人間の何十倍も優れている。どうやらなにかを嗅ぎ取ったらしいが……。

「シオン、ここ、ここ嗅いでみて」

……言われるがまま僕もナナゥが指さす根元付近の幹の匂いを嗅いでみるが、なにも感じない。ただの木の匂いだ。

「あれーわかんない？　ニンゲンの臭いだよ。太ったおじさんの臭いがする」

そんなのを嗅がすな！

結局は臭いを感じなかったから問題はないのだが、それでもちょっと嫌だ。

「太ったおじさんの汗の臭いが残ってる。ここに座って休んだに違いないにゃ！」

発見の方法には目をつぶるとして、ここに人がいるということはとても重要な情報だ。

つまり、ンスター・ソフィアの推測は当たっているということ。

神域に立ち入れば二度と戻ってこられないというのは教会のウソ。だとするならば、この付近に目的の施設はあるはず……。

「醸造所は近いにゃ！」

ナナゥは四つん這《ば》いになって、小さな鼻をふんふんと動かす。

ピンと立った尻尾が別の生き物のようにふにふにとリズミカルに動く。

しばらく、うろうろしながら臭いを嗅いで回るナナゥ。

突如としてぴたりと止まるナナゥの尻尾。

「臭いがする！　おじさんはこっちにゃ！」

「素晴らしい。大手柄です、ナナゥさん」

「いやあ、いやぁ」

「シオンさん、もう少しです！」

ナナゥの捕捉した臭いを辿れば醸造所に辿り着ける。

のかもしれないが……、教会がひた隠す最高機密の施設への辿り着き方としては微妙に心に引っかかるものがあるのだった。

ナナゥが捉えた臭いの跡を追うことしばし。

不安をよそに僕たちは本当に醸造所を発見してしまった。

半ば賭けのつもりで踏み入れた神域。

存在すら定かではなかった施設を本当に見つけることができるなんて……。

といっても、先に見つけたのは醸造所の外に併設されたトイレだが。

どうやら中年の太ったおじさんはトイレに立ち寄ったらしい。

ここから醸造所の全貌がはっきりと見える。

丈夫そうなレンガ造りの大きな建物で、住宅であれば三階建てくらいの高さはある。その屋根からは三角屋根つきの煙突が二本伸びている。

本当にお酒の醸造所のような姿だ。

「それはそのはずです。あの煙突を使い蒸気を排出して冷却しているのですから、蒸留作業がある工房にはあれは必須なのです。作っているのが、酒でも恩寵《ギフト》を引き出す劇薬だとしても」

「どうする？　今から忍び込むかにゃ？」

ナナゥの言葉に首を横に振るシスター・ソフィア。

「いえ、乗り込むのは明日にしましょう。丸一日歩き通しです。まずは疲労を回復しないと。

それにできれば、内部の構造や、ルーナさんたちがどこにいるかも知りたいです」

シスター・ソフィアの判断により、野営して、朝を待つことになる。

とはいえ、すぐ近くに醸造所がある。見つかる可能性を考えると火を起こすのは危険。

持ってきたパンと干し肉だけの夕食をすませ、できるだけ風を防げる岩影で、それぞれ自分のマントに包《くる》まり横になる。

春も盛りとはいえ、夜はまだまだ冷える。

少しでも暖を取るために自然に身体《からだ》を寄せ合う。シスター・ソフィアと僕、その間に子供のように挟まるナナゥ。

ナナゥは僕の脇の下に潜り込み、しばし匂いを嗅ぐと、安心したのか、すーすーと寝息を立て始める。

僕とシスター・ソフィアふたりきりの時間。

「シオンさん、右腕はいかがですか？」

しばしの沈黙の後、シスター・ソフィアがぽつりと尋ねる。

「痛みは引きましたが、相変わらず使い物になりません……」

徐々によくなってはいるが、触手を出すことはおろか腕の上げ下げにも一苦労する状態。

いまだ、食事や着替えはシスター・ソフィアに手伝ってもらっている。

「万が一、治らなかったら、一生お手伝いしますからね」

「……！」

それも悪くないか……。一瞬、ふたりで平穏で穏やかに暮す日々が脳裏をよぎるが……。

実際のところはそうはならないだろう。

僕はすでに何度か見ている、シスター・ソフィアの心の奥で燃える炎を――。

笑顔に隠された、怒り、復讐心、悲しみ。あの情念が消えない限り、シスター・ソフィアは戦い続けるだろう。

それに……僕の触手の炎も消えていない。胸の底に熱を感じるのだ。これはシスター・ソフィアの口づけによって灯された種火。この小さな火はいつか必ず燃え広がる。そんな予感がある。

「シスターは神域の実態を知っていたのですか？」

僕もぽつりと質問を返す。神域に入ってから、ずっと引っかかっていた疑問だ。

神域に旅立つ前にマリエッタも言っていたが、単なる推測だとしたら、あまりにも危うい。にもかかわらず、シスター・ソフィアは確信をもって行動していたように見えた。

なにか知っていたとしか思えない。

「知っていた……。そうですね……、知っていたことを今、思い出したというところでしょうか？」

「思い出したというのは……？」

身体《からだ》を横に向け、僕のほうへと向き直るシスター・ソフィア。重なり合う紅色の瞳が月光を受けて神秘的な輝きを放つ。

「わたくしは記憶に問題を抱えているのです」

「記憶に？」

「瞳術《どうじゅつ》の副作用です。わたくしの瞳術は見たもの、感じたものを、他人に放出する能力。使えば使うほどわたくしの記憶は荒れて、濁るのです」

……！

シスター・ソフィアの部屋にはたくさんのメモが貼られていた。それに膨大な数の日記も。なんでも書いておくのが習慣になっているのかと思っていたが……。そういうことだったのか。

「ですので、神域がどうなっているのか、神域の中に醸造所があるというのも、幼いころの記憶にあったのだと思いますが。自分でもそれが記憶なのか、夢なのか、空想なのか、判断ができないのです」

ふふっと自嘲気味に笑うシスター・ソフィア。

その姿からはまったく悲観している様子は感じられない。

「神域に立ち入って、たしかな感覚がありました。わたくしはここに来たことがあると」

以前に来たことがある？　ここに？

シスター・ソフィア……。

「あなたはいったい何者なんですか？」

思わず尋ねてしまう。

僕のまっすぐな質問に少し驚いた顔をしたのち、クスッと笑うシスター・ソフィア。

「それは帰ってからお話ししましょう。ただし……、忘れていなければですが」

シスター・ソフィアは頭までマントですっぽりと覆い、眠る体勢に入る。

たしかに。

今は明日に備えて少しでも休むべきだ。

僕もシスター・ソフィアに倣《なら》って頭まですっぽりとマントを被る。

沈黙。

神域の深い森が濃度の濃い夜で僕たちを包む。

「シオンさん」

「…………」

「以前、わたくしは自分の家族を救えなかったことに強い怒りと悲しみがあると言いましたよね……」

名前を呼んでいるのにシスター・ソフィアの言葉は僕にではなく、宵闇《よいやみ》に向かって話しているかのように聞こえた。

「その怒りの大半は自分への怒りなんだと思います。あのとき、なにもせず、立ち尽くしていた自分への」

シスター・ソフィアは言葉の最後に「おやすみなさい」と付け加え会話を終える。

僕もそれ以上立ち入ったことを聞けるわけもなく、ただ「おやすみなさい」とだけ返し、眠りについたのだった。


翌朝。

醸造所の外に設《しつら》えられた簡易的なトイレ。

そこに入った男を襲撃し、拘束に成功する。

「三人でかかればなんとかなるものですね、シオンさん♪」

男をロープでぐるぐる巻きにしたのち、シスター・ソフィアは額の汗をぬぐう。

排便中に襲われ、木の棒で後頭部を打たれたのだ、恩寵《ギフト》を持たない通常の人間相手には効果は抜群だ！

それにしても、昨夜、慈母のような笑みを浮かべていたあの姿とのギャップが酷《ひど》い。

「ナナゥのパンチ結構痛いにゃっ！」

「あとはわたくしの瞳術《どうじゅつ》で」

シスター・ソフィアはそう言うと、地面に転がっている男を見下ろす。

「わたくしを見なさい」

シスター・ソフィアは身を屈め、そっと男の顔に両手を添え自分のほうへと向ける。

怪しい光を帯びるシスター・ソフィアの大きな瞳。

「あ……が……」

男の顔が一瞬歪んだのち、突如として恍惚《こうこつ》の表情へと変わる。

とろんとした目、弛緩《しかん》した口。

「おお、おほほ……おお、おほほほっ、おほ、おほっ」

よほど素晴らしい光景が見えているのだろう。男はコボルトとお嬢様の中間のような声を上げている。

「いろいろと教えていただければ、もっといいものを見せて差し上げます」

「おほ、おほほ……ぬふ、ぬふーっ！　……言う、な、なんでも言う」

「では醸造所の出入り口について教えていただけますか？」

男はシスター・ソフィアの問いに素直に答える。

「で、出入り口は正面にひとつ、それから裏口がひとつ…………」

「それから？」

「……廃棄物用の……ダストシュート……あそこからも……中に……入れる」

「それ詳しく教えていただけますか？　どこにあるんです？」

にっこりと微笑むシスター・ソフィア。

その瞳がさらに怪しく輝く。

男性の説明どおりダストシュートは醸造所の西側の壁にあった。

二階から壁の真下に位置するゴミ捨て場にゴミを捨てるための穴なのだが、近くの木の枝が伸びており、それをつたえば穴から内部に侵入できる。

さっそくナナゥが潜入を試みる。見事な身のこなしでするすると木に登ると、ダストシュートの穴に向かって伸びている横枝の上をたたたと小走りで進む。

そこからダストシュートの中に侵入し、ロープを固定してもらい、僕たちはそれを使って施設内に入る手はずだ。

すでにナナゥはダストシュートの真下まで到達。人ひとりぎりぎり入れるかどうかの横穴に手をかける。……が、そこでナナゥの動きがぴたりと止まる。

びくっと身体《からだ》を震わせるナナゥ。その尻尾がぶわっと何倍にも大きくなっている。

なんだ⁉　なにが起こった?

ナナゥが木の幹に身体を隠しながら一方を睨《にら》みつける。その先には――。

「お待ちしていました、ソフィア様」

シスター・ソフィアに向かって小さく一礼する、美しき銀の甲冑《かっちゅう》に身を包んだ銀髪の女騎士。そして、その身の回りをブンブンと回る小さな羽虫。

僕はその姿に見覚えがあった。

西方審問騎士団長《せいほうしんもんきしだんちょう》アナスタシア・スターリアだ。

その背後には、甲冑に身を包んだ聖騎士《パラディン》たちがずらりと並ぶ。

「どうして……わたくしがここに来ると？」

「ソフィア様の性格であれば、危機においては敵の懐《ふところ》に自ら飛び込む。そしてソフィア様の能力であれば、ダストシュートからの侵入経路も必ず発見する。それだけのことです」

「……………」

「私がソフィア様の性格を知っているのが不思議ですか？」

「……………」

シスター・ソフィアはアナスタシアをまっすぐに見たまま、なにも答えない。

「瞳術《どうじゅつ》の使い過ぎです。いずれなにもかも忘れてしまいますよ」

「……どうやら、わたくしのことを随分と詳しく御存じのようですね」

「本当になにもかもお忘れのようで」

ふっと小さくため息をつくアナスタシア。

「それでは交渉を。そちらの望みもそうでしょう？」

「いいでしょう、条件を言いなさい」

シスター・ソフィアがそう答えると、アナスタシアはかすかに口の端を上げる。

「いえ、交渉相手はソフィア様ではありません」

アナスタシアはそこまで言うと突如としてシスター・ソフィアから僕へと視線を向ける。

「わたしが交渉するのはシオン・ウォーカー、あなただ」

「僕と……？」

「我々はあなたを保護して、教会の保護下で身の安全を保障する」

まったく予想外の提案に、僕はなにも言葉が出てこない。

「知っている限りの魔女の名前と能力をリストにして渡しなさい。そうすればあなたを教会で保護し、安全な生活を約束しよう」

「保護……」

「元よりあなたを始末するつもりはなかった。淫獣《いんじゅう》憑《つ》き自体、極めて興味深い現象だ。異教徒、魔女としてではなく、研究対象として生かしてあげる。生活は制限されるだろうが、命の保証はしよう。教会の敷地内なら行動の自由も与える」

不自由ではあるが、囚人とまでは言えない。少なくとも命の心配をする必要のない生活に戻れるということか……。

「みんなは……魔女たちはどうなる？」

「適切に処理されるだろう」

適切な処理。つまりは殺して血を搾り、恩寵《ギフト》を引き出す材料にするということだ。

「現状でも魔女どもは逃げきれん。交渉を受けても受けなくてもどうせ全滅、であれば自分だけでも助かったらどう？　お前の夷能力《バグ》は極めて特殊だ。研究の結果次第では恩寵《ギフト》に認定される可能性もあるぞ。そうすればエルヴィスのようにトップランクの冒険者になれるかもしれないな」

アナスタシアはいかにも慈悲深そうな笑みを僕に向ける。

アナスタシアが微笑むと、驚くほど印象が変わって見える。冷徹な女騎士から優しく誠実な聖職者へ。これまでのことがなかったら、いい人なのだろうとすら思えたかもしれない。

「私は神に仕える身だ。約束は守る」

聖騎士《パラディン》は戒律によりウソをつくことを禁じられている。提示された条件は事実なのだろう。魔女の仲間となった僕が正教会から追われる日々から抜け出せる。この機会を逃せば二度とチャンスはないだろう。

だが……。すでに僕の気持ちは決まっている。

「お断りします」

「なぜだ？」

「仲間を売ることなんてできませんから」

「ふん、案外、仲間思いだな。だがな、淫獣憑き、お前はただソフィア様に利用されているだけにすぎない」

「それでも構いません」

僕の返答を聞いて、アナスタシアの笑みの質がガラリと変わった。

「そうか」

表情から慈悲の色は消え、その眼差しにははっきりと蔑《さげす》みの色が浮かんでいる。

——この目には覚えがある。

僕の脳裏に浮かんだのは処刑場の記憶。首枷《くびかせ》をつけられ、さらし者にされた僕を取り囲む観衆たち——。みんなこの目をしていた。

「まあいい、好きにしろ」

アナスタシアは吐き捨てるように言うと、控えていた聖騎士《パラディン》たちに視線を向ける。

「拘束しろ。ソフィア様は怪我がないように。淫獣《いんじゅう》憑《つ》きは命があれば、状態は問わない」

「アナスタシア様は?」

「あいつを見ておく。今の状況では、はるかにリスクが高いからな」

……あいつ? あいつとは誰だ?

「そ、それはそうかもしれませんか……」

聖騎士の中のひとりが明らかに動揺している。

僕がシスター・ソフィアをかばいながら、右手をまっすぐに突き出すと、その男は慌てて一歩、後退する。やはり僕の触手を警戒しているのだ。

が、アナスタシアは、僕の姿を見て、再び蔑んだ笑みを浮かべる。

「安心しろ、ただのハッタリだ。淫獣憑きは触手が出せない。もしくは出せても使えるレベルではない。恩寵《ギフト》を持つ貴様らが恐れる必要などない。存分にやれ」

そう言い残し、もはや振り返ることなく醸造所の中へと消えていく……。

気づかれていたか……！

ブラフで交渉に持っていく計画はどうやら、すでに破綻してしまったようだ。

「ごめんなさい、わたくしの見込みが甘かったですね……」

耳元でかすかにシスター・ソフィアの声が聞こえる。

その声で一瞬、弱気になった僕の心に再び勇気が戻ってくる。

――大丈夫。

僕は首を横に振ってシスター・ソフィアに謝罪など必要ないことを示す。

これは誰のためでもない。僕の決断だ。

とはいえ……どうしたものか……。

聖騎士たちに向かってかざした僕の右手、すでに威嚇の効果はなくなっている。それでも下ろすことはできない。

この手を下ろしたら、すべてが終わる。そんな予感がするのだ。立ち向かう矛《ほこ》はなくとも、心だけは折れない。その矜持《きょうじ》を右手で示し続ける。

背中でシスター・ソフィアを守りながら、できるだけ堂々と、まっすぐに右手をかざす。

「ふん、やはりなにも出せないようだな」

手柄を求め、僕の前へと一人の聖騎士《パラディン》が進み出る。

「淫獣《いんじゅう》憑《つ》きは俺が仕留め――ガハッ！」

男は突如として喉を押さえ、その場に倒れこんだ。

な、なんだ⁉

「これを被りたまえっ！」

突如、僕の真横で発せられる声。と同時に僕はふたりの人影を認識する。

ふたりの顔はすっぽりと革製のマスクで覆われている。

小柄な人物が手にしていた同様のマスクをナナゥに投げてよこすと、ナナゥは見事にそれをキャッチし、そのまま僕とシスターの顔にダイレクトに被せる。

……これはいったい⁉

「ボク、特製のマスクだ。空気中を漂うある種の毒を中和してくれる。すごいだろう」

腰に手をあて、誇らしげに胸を張るその姿。顔は見えずとも、はっきりと誰だか認識できる。

「マリエッタさん！」

「あの……私も……いる」

もう一人のマスクの女性は間違いなくリアナだ。異様な形状のマスクを着けていても、まだ若干影が薄いのが驚きだ。

「見たまえ、マスクなしでは、鍛えられた人間でもこのとおりだ」

マリエッタの言うとおり、聖騎士たちはすでに全員が地面に倒れこみ、もがき苦しんでいる。

もはや僕たちとの闘いどころではない、喉をかきむしり泡を吹く聖騎士たち。

「マリエッタさん、なにをしたんですか？」

「これだよ」

マリエッタの小さな指が指示した地面の先には小さなガラス瓶が転がっていた。

強く投げつけたらしく、瓶は割れ、中身の液体が漏れ出ている。

「瘴気《しょうき》の魔女クリスティナのアンプルだ」

――クリスティナ！　シャンタル・マギーが姉のよう慕っていた人だ。

「彼女の瘴気を揮発性《きはっせい》の強いエーテルに溶かした特製の遺品だ。かなり昔に研究用に作ったものなのだが、使うなら今しかないと思ってね」

「マギーを助けるなら……やっぱり、クリスティナ姉さん」

リアナが小さく頷《うなず》く。

なるほど……、亡くなってもなお、妹分を助けるための力となっているということか。

「それにしても、どうしてここがわかったのです？」

マスク姿のシスター・ソフィアがマリエッタに尋ねる。

「彼だよ。彼にご主人の匂いを追ってもらったワケだ」

マリエッタの後方からひょこっと顔を出したのはシャンタル・マギーの愛犬の死骸ロバートだった。

得意げにこっちに向かって尻尾を振ってみせるロバート。

当然ながら、すでに死んでいるのでマスクは必要ない。

ってていうか、ロバート、鼻もげかけだけど嗅覚はあるんだ……。

「いったんここを離れましょう。時間が経ってもわたくしを捕獲したと報告がなければ、アナスタシアは異変に気づくはずです」

「アナスタシアはどこに？」

ようやく僕に疑問を感じる余裕が生まれる。

アナスタシアにとって、アルローン派の指導者であるシスター・ソフィアは最も重要な捕縛対象のはず。僕が戦える状態ではないと判断したとはいえ、部下に任せてどこに向かったのだろうか？

「アナスタシアはおそらく勇者エルヴィスの元です」

「だろうね。サバトで暴れすぎたからな」

シスター・ソフィアとマリエッタはある程度、状況の察しがついているらしい。

速足でその場を離れながら、お互いの認識を確認し合っている。

「シオンさん、恩寵《ギフト》を引き出すには魔女の血から作る慈霊酒《じれいしゅ》の成分であるファクターＡが必要だと話しましたよね」

「はい……」

「エルヴィスの恩寵《ギフト》のランクはカテゴリ１のさらに上、カテゴリ０、あのランクの恩寵《ギフト》を維持するには、定期的にファクターＡを体内に取り入れる必要があるのです。大きな力を使ったあとは、特に多くのファクターＡを必要とします」

「カテゴリ０の人間は体内のファクターＡ濃度が一定の水準を下回ると心と身体《からだ》に変調をきたすのだよ」

——まったく一般人には知らされていなかった事実だ。

ほとんどの国民にとって勇者エルヴィスは国を救う正義の英雄。女神に最も愛された人間のひとり。そのような認識だ。それがまるで薬漬けのような状態だとは。

「今、まともにエルヴィスが動けないのもルーナさん、マリエッタさん、シオンさん、みんなの頑張りのおかげです。この隙《すき》に必ず魔女たちを救い出しましょう」

「でも、どうやって助けるのかにゃ？」

すでに瘴気《しょうき》のアンプルの使用現場からかなり離れているが、ナナゥだけはいまだマスクを被り続けている。

「もちろん、手は用意してきた。ボクたちが遅れたのはね、こいつの準備に時間がかかってしまったからなのだよ」

マリエッタは足を止めると、自分の背負っていたバックパックから布で包んだ粘土の塊《かたまり》のようなものを取り出し、僕たちに見せる。

「これは？」

「へへーん。爆薬だよ、どうだ。すごいだろう」

自慢げに何度も僕の目の前にその爆薬をかざす、マリエッタ。外見からはどうすごいのかわからないが、マリエッタが作ったのだ、おそらくすごいのだろう。

「シオンくん、どうにかして少しの間、アナスタシアたちを引きつけてくれたまえ。その間にボクとリアナが材料貯蔵庫をぶっ飛ばす」

クイッとメガネを上げ、物騒な宣言をするマリエッタ。

マリエッタの言う材料貯蔵庫とは魔女と魔女の血族が監禁されている収容施設のこと。

それを爆薬で破壊するということだ。

得意げにクイッとメガネを上げるマリエッタ。やる気満々だ。

「わかりました」

僕の触手が使えない現状ではこの案に懸けるしかない。

僕はマリエッタとリアナとしっかりと握手を交わし、お互いの持ち場へと向かう。

すでにマリエッタたちは行動を開始した。

適時リアナのスニークを使いながらダストシュートからの侵入を試みているはずだ。

一方の僕はシスター・ソフィアとふたりきりで醸造所の正門方面へと回る。

前方には巨大な鉄の扉。どれくらいの厚さがあるのか不明だが、今の僕たちであれば、侵入を防ぐにも、逆に脱出を阻むにしろ、十分に機能を果たすだろう。

「さあ行きましょうか」

シスター・ソフィアは僕の手を引く。

「シオンさんは自信満々に右手をかざしていてください。アナスタシアはシオンさんの触手が使えないと思っていました。それなのにいまだ自由の身のわたくしたちを見れば、触手は復活したと考えるはず。その後の交渉はわたくしがどうにかしますので」

不敵に笑ってみせるシスター・ソフィア。

——やはり強い人だ。

彼女のその強さがどこから来るのかずっと不思議だった。

でも、今になって少し理解できるような気がする。

シスター・ソフィアもまた仲間を守りたいのだ。かつて守れなかった父、母の代わりに新しく家族となった魔女たちを。

いまこそ触手の力が欲しい。

はったりだけでなく、戦える力を……。

シスター・ソフィアはどうにかすると言っているものの、あまりにも危険だ。

もし、少しでも相手が攻撃してきたら、ひとたまりもない。

どうにかして彼女を守りたい。

あの力さえ戻れば……。

僕の心の奥底にまだ小さな火種が残っているのを感じる。

この熱を爆発させることができれば……。

「シスター、僕に力をくれませんか？」

僕はシスター・ソフィアの前に進み出る。いつもよりも一歩だけ近い距離。

「どうかしましたか？」

少し不思議そうに小首を傾げるシスター・ソフィア。

一歩だけだが、その距離の近さを感じているようだ。

「シスター、あなたを守らせてください！」

僕はそう言うとシスター・ソフィアの腰に腕を回す。

「……！」

シスター・ソフィアが少し驚いたような顔をしている。

が、身を振りほどこうとはしない。

僕は衝動の赴くままに、強くシスター・ソフィアの身体《からだ》を引き寄せ、その薄紅色の唇に自分の口を寄せる。

「シオンさん⁉」

胸の中でシスター・ソフィアが僕を見つめている。

少し驚いているようでもあるが、どこか楽しそうでもある。僕の目をまっすぐに見つめ返すシスター・ソフィアの瞳。重なり合う三つの虹彩がぎゅっと一つに収縮する。

と、同時に流れ込む強烈な感情の濁流。

僕の頭に中に爆発的に展開されるあの光景。

これまでのなかで最もはっきりと——。

僕の視界に広がる見たこともない記憶。等間隔に立ち並ぶ木製の柱。柱の下には大量の薪が積み上げられている。薪から漂う油の香り……。匂いまで感じたのははじめてだ。

柱の前には白衣の男たち。全員が神官だ。街の処刑場ではない、どうやらここは教会の敷地内のようだ。

白衣の男に囲まれ柱に向かって歩く黒衣の女性。

「おかあさん！　おかあさん！」

耳元で聞こえる女の子の声。幼いがシスター・ソフィアの声だ。

続いて左腕に強い力を感じる。どうやら駆け寄ろうとして神官に掴《つか》まれたようだ。

「おかあさん！　おかあさんっ！」

叫ぶたびに喉にチリチリとした痛みを感じる。すでに喉を傷めてしまっているようだ。

「お願いします。最後に、最後に一目だけ」

黒衣の女性の嘆願の声が聞こえる。

「よかろう、これまでの貢献を鑑みて特別に……などと言うと思ったのか」

耳元で響く男性の声。くくくと喉を鳴らして笑いを噛み殺している。おそらく振り向けばイヤな笑顔が見られるはずだ。

「こうして、娘たちに最後に一目会えただけでも――ぐあっ！」

突如巻き起こる突風。

女性の身体《からだ》を拘束していた神官たちが吹き飛ばされる。

と同時に、ずっと強く摑《つか》まれていた左手の感覚も消える。腕を摑んでいた神官も吹き飛ばされたようだ。

「そんなバカな！　恩寵《ギフト》は封じたはず」

「衛兵！」

神官たちが口々に騒ぎ立て騒然としている。

「おかあさんっ！　早く逃げよう」

しかし、黒衣の女性はゆっくりと首を横に振る。

すでに周囲には異変を察知した衛兵たちが殺到している。

自由になれたのは一瞬、すぐにまた捕まる。黒衣の女性はそのことを悟っているようだ。

手錠をされたままの両手が頬に向かって伸びる。

そっと触れる指の感触。その優しいぬくもりだけで愛されているのだと身体が理解する。

「……ソフィア、これをあげる」

頬から両手が離れ、首から下げていた円紋《えんもん》のペンダントへと伸びる。それを首から外すと、ソフィアに握らせる。

その直後、殺到する衛兵。

「おかあぁさあぁん！」

激しい喉の痛み。荒々しく腕を掴まれる感覚。脇に抱えられ、身体が宙に浮く。懸命に足をばたつかせるが、まったくなんの効果も発揮しない。

喉と脇腹の痛み。柱に括《くく》りつけられる黒衣の女性。

それを見ながら、ぼんやりとたたずむ女の子がいる。……あれは？

やがて視界がゆがみ始める。

はっきりと聞こえていた声もおぼろげ、まるで水の中のようだ。

突然、目の前に広がる強烈な炎。世界を包んでいた水はいっぺんに蒸発する。

ここから先は見たことがある。

灼熱の世界。立ち並ぶ柱、その柱に括《くく》りつけられた人間が次々と焼かれていく。

歪んだ地獄絵図。そして流れ込むいびつな怒りの感情。

シスター・ソフィアの記憶と僕の精神がドロドロに混ざり合っている。

混ざり合う世界。

混ざり合う声。

混ざり合う情動。

それが一塊《かたまり》になって僕の右腕に流れ込む。

「ぐああああああああああっ！」

熱い……。指の先から始まった熱がゆっくりと血管を遡っていく。まるで血液が沸騰しているかのよう。強烈な熱と痛みが手首、肘、肩へと到達する。

「うおおおおおおおおっ！」

——ドズルッ！

右腕の激しい痛みが一瞬で消失する。

——残ったのは熱と巨大な触手。

以前よりもはるかに太い触手。その肌をつたう粘液がかすかに湯気を上げている。

「シオンさん、大丈夫ですか？」

シスター・ソフィアが僕の顔を心配そうにのぞき込んでいる。

その視線ではじめて自分の頬が濡れていることに気づく。

僕は泣いていたのか……。

いや、僕ではない。泣いていたのは幼いころのシスター・ソフィアだ。

だからあの光景はいつも歪んでいたのだ……。

「シオンさん……？」

「シスター……そのペンダントはお母さまの形見です」

「そう……でしたか」

シスター・ソフィアがそっとペンダントに触れる。そのしなやかな指はいまやあの記憶の中の黒衣の女性の指とそっくりだ。

「あなたはお母さまをとても愛していました」

「……よかった」

僕はそれだけ伝えると、踵《きびす》を返しシスター・ソフィアから背を向ける。

「ここで待っていてください。あとは僕が──」

ヤッてやる！

名門騎士団の団長であろうが、最強の勇者であろうがあろうが関係ない。あいつらをひとり残らず。

もはや、なんの恐れも感じない。

僕とシスター・ソフィアの思いが絡み合って生まれた熱。その熱が全身を駆け巡っている。

感じるのは火照り、怒り、破壊衝動、そして無敵感。

この熱を早くぶちまけてしまいたい。

漲《みなぎ》っているのだ。コイツも僕の戦意も。


僕の触手が醸造所の分厚い正門をド派手にぶち破り、ぐにゃりと曲がった鉄製の分厚い扉が銅鑼のようなけたたましい音を立てて転がる。

「アナスタシア、出てこいっ！」

僕はそのけたたましい音に負けないくらいの大声で叫ぶ。

この施設の構造も知らないし、アナスタシアが今どこにいるかも知らない。

堂々と名乗りをあげ、相手を呼び出すほうが早い。

「どうした、僕を捕まえたいんじゃなかったのか？　こっちはピンピンしてるぞ！」

ピンピンしているというよりビンビンしているのだが……。

とにかく、僕は騒げるだけ騒ぐ。なるべく注意をこちらに向けるために。

僕の絶叫からほとんど間を置かずにすぐに聖騎士《パラディン》たちが駆けつける。そして、その後方には
アナスタシアの姿。

「ちっ……復活したのか」

汚物を見るような目で僕の触手を睨《にら》みつけるアナスタシア。

「……やはり夷能力《バグ》中の夷能力《バグ》だな。忌まわしき淫獣憑《いんじゅうつ》きめ」

「読みは大外れだったな。騎士団長さん」

お返しとばかりに、目いっぱいのあざけりの視線をアナスタシアに向かって投げつける。

「生け捕りにしろ。ヤツを欲しがっている錬金術師は多い。切断面、薬剤への反応、炎にどう反応するか、生きている状態で見たいらしい。触手以外の部位を斬り落とした場合も止血して回収だ。おい、お前、凍壁《クレバス》を使えたな。足や左手が落ちたら回収して凍結させろ」

気分の悪い指示をテキパキと聖騎士たちに与える。

それに従い、配置につく聖騎士たち。

数は……六人……まだ、こんなに残っていたのか。

日頃の訓練と信仰心、そして自らの能力への自信がそうさせるのだろう、迷いなく僕に向かって突進してくる。

能力を認められたエリートが修練を積み、そして曇りのない信仰心を持って、汚らわしい魔獣に取り憑かれた僕を駆除すべく正義の槍を突き立てる。

それを——容赦なく蹂躙《じゅうりん》する！

風の属性付与を受け高速化した槍の穂先を触手の先でいなすと、即座に聖騎士の腹に全力の一撃を射ち込む。

触手の分散なし。最大の一撃を腹のど真ん中に。

――ガキッ！

甲高い金属音を立て、先頭の聖騎士《パラディン》が吹き飛ぶ。

その勢いは十分。吹っ飛んだ重装備の聖騎士が巨大な鉄の塊《かたまり》と化して後方の騎士にぶつかり、さらに弾き飛ばす。

全身が興奮と破壊衝動でたぎっている。心がフル勃起しているのだ！

これまでも触手を召喚したときは恐怖心が消え、興奮状態となったが、これまでの精神状態とはまた違う。

今まで以上にたぎっているが、同時に見える。

いまの槍もかなり早い刺突だったが、完全に把握できた。明らかに脳の回転が速くなっている。おそらく意識すらたぎっている。

「死ね！　バケモノ」

聖騎士のひとりが新たに僕に向かって攻撃をしかける。

僕に向かって手をかざすと空中に複数の剣が浮かぶ。全部で五十六本。通常であれば数えることなどできないが、いまは正確に把握できる。

浮遊する剣は僕を取り囲むように半円形に展開すると、一気に僕に向かって飛来する。

見える！　すべてを追える！

いわゆる覚醒状態。僕の視覚が勃起している。脳が勃起しているのだ！

すでに触手は十本に分裂させ展開。指を操るように次々と飛来する剣を弾き飛ばしながら前進。一気に聖騎士の本人の目の前へ。

「なっ⁉」

剣を操っていた聖騎士は若い女性だった。

聖騎士は突如として息がかかるほどの近距離に現れた僕に驚き、口を半開きにしている。

なにごとか悪罵《あくば》の言葉を発しようとしていたようだが、その口に触手をぶち込む。

「きさ――ぐあっ！」

すでに勝負は決しているが、触手はそう簡単に止まらない。鎧を引きちぎり、逆さに吊り上げ、触手を射ち込む。

アナスタシアを守る聖騎士は残り三人。

おそらく腕利きなのだろうが、今の僕にはまったく怖くはない。

むしろ、足りないくらいだ……。

もっと刺激が欲しい！

この触手を誰かにぶち込みたくて仕方がない。

もっと速く、もっと強く、もっと深くまでコイツをねじ込んでやる！

僕の衝動に反応して触手がうねりをあげて襲いかかる。
ひとり、またひとりと聖騎士《パラディン》たちが僕の触手の餌食《えじき》となる。
触手を絡ませ拘束し、鎧を引きちぎり、そして触手を思うままぶち込む。
次々と触手の餌食となる聖騎士たち。
ついにアナスタシアを守る者は誰もいなくなる。僕を阻むものはなにもない。
ぬるりと鎌首をもたげ、触手がアナスタシアに狙いを定める。
一方のアナスタシアも嫌悪に満ちたまなざしで僕の触手を睨《にら》みつける。
「亜天使出ろ！」
アナスタシアの指示で無数の羽虫が一気に舞い上がった。
「ふふ……、全身の肉を少しずつ食いちぎってやる」
護衛をすべて失ったにもかかわらず、アナスタシアからはまだ余裕を感じる。
無数の羽虫を操る亜天使は僕の触手にとって相性が悪い。そう考えているのだろう。
数で圧倒して、チクチク肉を削り続ける……。たしかに、厄介な相手だ。
いいだろう。どっちが強いか、勝負してやろうじゃないか……。
今の僕には恐れはない。むしろ、どこまでできるのか試したくて仕方がない。
早く……、こいつをぶち込みたい！　マリエッタ、そっちはまだか……？
――ドンッ！

突如として、爆発音が鳴り響き、醸造所の壁からパラパラと無数の小石が落下する。

僕が待ちわびていた号砲。マリエッタの爆弾が炸裂した音だ。

「ふん、やはり、まだ仲間がいたか。どこまでも卑怯な魔女どもめ」

さすがは西方審問騎士団長《せいほうしんもん》。どうやら、アナスタシアは即座に状況を把握したようだ。

「まあいい。淫獣憑《いんじゅうつ》き、まずはお前から食らい尽くしてやろう」

無数の羽虫が散開し、四方八方から僕に狙いを定める。

──それなら、こっちは……。

僕は太い一本の触手を二本に分裂させる。さらにそれを四本に、四本を八本に、十六、三十二、六十四……二百五十六………。四千九十六……。

「なんだ、それは！」

触手は糸のような細さになり、さらにさらに細く、髪の毛よりも細くなり、煙のように宙に漂う。

「亜天使！　こいつの頸動脈《けいどうみゃく》を食いちぎれ！」

僕に向かって四方から同時に飛来する亜天使の群れ。

それを触手の煙が包み込む。

「これで全部か？」

煙に巻かれ、ぼとぼとと落ちる亜天使の死骸。

「くっ……」

二歩、三歩と後ずさりするアナスタシア。

……？

その美しい顔は屈辱で歪んでいるが、まだかすかに余裕を感じる。

なんだ？　いったいなにを考えている……？

「おい、連れてこい！」

アナスタシアが次に呼んだのは亜天使ではなく、部下だった。

「は、はい、直ちに」

遠くから聞こえる男の声。

しばらくして、僕とアナスタシアの前に現れたのは。

――シャンタル・マギーだった。

男の肩に抱えられたシャンタル・マギーは太いロープで腕と足を拘束されている。

「殺すぞ、貴様の仲間を。私の肌にその汚物を少しでも触れさせればコイツを殺す」

どさりと乱暴に床に投げ落とされるシャンタル・マギー。

「マギー！」

「くっ……」

全身を床に打ちつけ、シャンタル・マギーが苦悶の表情を浮かべる。顔から落ちたのか、それとも事前に殴られたのか、口と鼻から出血している。

だが、不幸中の幸い、ボロボロではあるものの、なんとか息はあるようだ。

「おい、卑怯者はどっちだ？」

僕はアナスタシアを睨《にら》みつける。が、アナスタシアはまったく意に介していない。

「な、言ったろう。魔女どもを相手するには、二重三重の用意が重要だと」

「さすがアナスタシア様です。指示通り魔女を一匹、手元に置いておいて正解でした」

アナスタシアはシャンタル・マギーを運んできた部下のへつらいの言葉を受けて、愉悦の笑みを浮かべながら、ゆっくりとその視線を僕へと戻す。

「わかったなら、その汚物を早くしまえ」

今は言うとおりにするしかない。

僕の右腕から触手が消え、ただのなんの変哲もない腕へと戻る。

「……望みどおりにしたぞ」

「いや、まだだ」

アナスタシアは薄い唇に冷たい笑みを浮かべると、自分の腰に下がっていたサーベルを僕の足元に投げてよこす。

「腕を斬り落とせ」

「なんだと？」

「仲間の命との交換だ、安い物だろう？」

「……ふざけるな」

「こいつを貸してやる、これで斬り落とせ」

「…………」

僕の足元に転がるサーベル。

「自分でやる度胸はないか。おい、お前、手伝ってやれ」

アナスタシアはシャンタル・マギーを運んできた男に顎で合図する。

「だ、大丈夫でしょうか？」

かすかに怯えを見せる、配下の男。

男は審問騎士団の甲冑《かっちゅう》を着ていない。どうやら恩寵《ギフト》を持つ聖騎士《パラディン》ではなく、施設の職員のようだ。

「心配するな。抵抗はさせん」

アナスタシアにそう言われ、男は安堵《あんど》した様子でサーベルを拾い上げる。

「早くやれ」

アナスタシアに応じて男がサーベルを振りかぶる。

……どうする？

触手を出せば、こんなものどうということもない。

だが、僕が抵抗すれば即座にアナスタシアの亜天使がシャンタル・マギーの喉を食い破るだろう。

――一瞬でいい。

一瞬の隙《すき》さえあれば……。

しかし、僕の思いは虚しく、職員の振り上げたサーベルが僕の腕に向って振り下ろされ――。

「うらあああああっ！」

突如、シャンタル・マギーが叫んだ！

と、同時に舞い上がる無数の黒い粒子。

あれは……、亜天使の死骸！

シャンタル・マギーの鼻の出血、あれは単なる怪我ではなく、力を溜めていたのか！

舞い上がった黒い粒子は直ちにアナスタシアの顔に殺到し、その視界を塞ぐ。

しかし、即座にアナスタシアも応戦！

新たに発生した亜天使が瞬く間にシャンタル・マギーの操る死骸を掃討する。

が、この一瞬で十分だった。

再び出現した僕の触手がシャンタル・マギーの身体《からだ》を優しくからめ捕り、それと同時にサーベルを職員の手から奪い去る。

「これ返しますよ」

僕は触手を振り下ろし、サーベルの柄を職員のつむじに叩きこむ。

ぐるんと回転するように白目をむき倒れる職員。これで邪魔者はいなくなった。

「さて、続きといこうか」

僕はアナスタシアに向かってゆっくりと歩を進める。

「く、くそ……」

これまでと違い、アナスタシアにもはっきりと戸惑いの色が見える。

僕の触手はすでに十本以上に増殖し、それぞれが独立した意思を持つように、ぬらりぬらりとその身をよじっている。

たとえ触手それぞれの意思が独立しているとしても、今突き刺してやりたい相手は間違いなく同じだ。

──目の前のあいつを蹂躙《じゅうりん》することだ。

「来るなっ！」

アナスタシアが再び僕に向かって亜天使を放つ。

しかし、その数はわずか数匹。直前の戦闘で失った亜天使がまだ回復しきっていないようだ。

それを僕の触手が一瞬で叩き落とす。

そしてそのまま触手は止まることなく、アナスタシアの全身に巻きつき、拘束する。脚、臀《でん》部《ぶ》、腕、胸、首までヘビが獲物を捕らえるように、らせん状に締めつける。

「くっ……！」

触手の中で屈辱に震えるアナスタシア。

触手が早くヤラせろと言わんばかりにどくどくと脈打っている。この猛りは触手だけの猛りではない、僕の猛りでもある。僕の心の一番深い部分、僕の中のケダモノがこいつをヤラせろと叫んでいる。

「シオンくん、やったぞ！」

爆発した方向からかすかに聞こえるマリエッタの叫び声。

どうやら、向こうも計画どおりに進んでいるようだ。

ならば……、この衝動を止める必要はない。

——苦破ァ！

これまで受けた苦しみすべてをご破算にするかのような、全力の一撃。

鎧が弾け飛び、アナスタシアの全身に複数の触手が絡みつく。ゆっくりと溶けだすアナスタシアの純白の衣。

このまま一気に貫いてやる。

僕と触手の意思が合意に達する。

首に回っていた触手の先端がゆっくりと背中を下降し、臀部《でんぶ》付近へと到達する。

それでもなお、アナスタシアは蔑《さげす》みの目で僕を見下ろす。

「すぐに……後悔することに……なるぞ……」

苦悶に喘《あえ》ぎながら、そう吐き捨てた直後、アナスタシアの細い首ががっくりと落ちる。

どうやら、気を失ってしまったようだ。

「……ちっ、いいとこで終わりか」

捨て台詞は気に入らないが、これ以上の追撃はさすがにためらわれる。

僕は力を失ったアナスタシアを地面へと下ろし、触手を右手へと戻す。

その直後だった――。

――ドンッ！

再び、重低音が鳴り響く。また、マリエッタが爆薬を使用したのか……？

が、先ほどと少し音の質が違う気がする。

――ドンッ！　ドンッ！　ドンッ！

三度、四度と続く音。

これはマリエッタじゃない……？　何者かが無計画に暴れているかのような……。

「シオンさん！」

聞きなじみのある凛《りん》とした声。

振り返ると胸を押さえて息を切らすシスター・ソフィアの姿があった。

「エルヴィスが来ます！」

「たしか、エルヴィスはサバトで力を使いすぎて……」

心身に変調をきたしているはずだとマリエッタさんが言っていた。

――ドンッ！　ガゴッ！

「出てこい！　魔女どもおおおおおおおおっ！」

絶叫が施設内に響き渡る。

「残念ながら、どうやら心身の変調とは力を失うことではなく、コントロールを失い、暴走することのようです」

なんてことだ……。ただでさえ、理性のぶっとんだエルヴィスが心身のコントロールを失うなんて……。

「どこだああ！　触手野郎！　今度こそ、正義の刃で！　おまえの心臓をえぐり出してやるぅぞぉおおお！」

「不安定なエルヴィスを制御していたのがアナスタシアだったのでしょう」

アナスタシアが気絶して、制御が外れたということか。

「みんなは無事ですか？　ルーナは？」

「無事です。マリエッタさんたちと一緒に撤退中です。ただ……」

シスター・ソフィアの緊迫した口調で理解できる。

いつエルヴィスに見つかって襲われてもおかしくない状況――。

それならば……。

「僕がエルヴィスを引きつけて、時間を稼ぐ。マギーはシスターを連れて逃げて」

相手は僕の触手を切り落とした張本人。勝てる気はまったくしない。

それでも仲間を安全な場所へと逃がすためなら、何時間でも戦ってやる……。

――ゴッ！　ズズズズ！

今度は、鉄扉の先から地響きのようなものが聞こえる。

なにか大きなものが崩れ落ちたようだ。おそらくエルヴィスがなにかを斬ったのだろう。

僕は右手を再び触手に変え、戦いに備える。

「シオン、カッコつけないでよ。あくまで時間稼ぎだからねっ」

マギーに言われなくても、それはもちろんわかっている。

エルヴィスの恩寵《ギフト》『勇者ストラッシュ』は自分の剣の間合いに入った防御力をゼロ化する、ぶっ壊れレベルの能力。

距離を取りながら時間を稼ぐしかない。

とはいえ、エルヴィスの動きは驚くほど速く、踏み込みの速さも驚異的だ。一瞬の油断も許されない極めて危険な戦いになる。

「どこだーっ？　触手野郎っ！」

「ここだ！　エルヴィス！」

エルヴィスのリミッターの外れた大声に及ばないが、目いっぱいの声で返事を返す。

「シスター早く逃げてください。あいつはシスターにも平気で手を出しますから」

「そうですね」

「……あのとき、断頭台から助けてくれてありがとうございました」

「シオンさん？」

シスター・ソフィアが首を傾げている。

自分でも唐突なことはわかっている。でも今、伝えておかないと後悔する。そんな気がしたのだ。感謝の言葉を残したい。

死ぬつもりなんてないが、相手はエルヴィスだ。もしかしたら、これで最後の会話になるかもしれないのだから……。

そんな僕をシスター・ソフィアがまっすぐに見つめている。

「シオンさん、一緒に帰りましょう」

重なり合う紅い瞳に僕の顔が映っている。

シスター・ソフィアはそう言うと優しく微笑む。

その目には怯えも迷いもない。

「約束しましたからね」

シスター・ソフィアはそっと僕の頬に触れると、そのまま僕の顔に頬を寄せ、そっと口づけする。

……！

目の前に広がる燃え盛る炎のビジョン——。

……が、ない。

「……シスター、なにも起こりません」

「はい。これは単なる口づけですから」

少し照れたようにはにかむシスター・ソフィア。

たしかに、なんの光景も現れず、なんのメッセージも聞こえない。

しかし、僕の心にはしっかりと闘志の炎がともったのだった。

◆

「見つけたぞ、触手野郎！」

勇者エルヴィスの絶叫がレンガ造りのホールに響き渡る。

鍛え抜かれた筋骨隆々とした身体《からだ》と裏腹な甲高い声。

「俺の回復中に奇襲とは、この卑怯者ぉおおおおっ！　どこまで腐ってるんだぁああ！」

エルヴィスの右手には異様な物が握られていた。

……女性の生首。その顔に見覚えはない。おそらく捕まっていた魔女のひとりなのだろう。

エルヴィスは生首を自分の顔の上に持ち上げると、切断面から滴り落ちる血液をごくごくと飲み干す。

「ふぅ……やっぱ、生が一番効くな。落ち着いたぜ！」

エルヴィスの力を維持するために必要だとされるファクターA、それを血液から直接摂っているのか……。

「魔女のボスは逃げたか？」

一度瞳術《どうじゅつ》にやられたからか、エルヴィスはシスター・ソフィアを警戒しているようだ。

「……」

「あいつがいなければ、お前なんか、相手ではない！」

勇者エルヴィスは背中のロングソードを抜くと、僕に向かって切っ先を定める。

そのとき、僕ははじめて気づく。

――エルヴィスの手の甲にあった勇者の紋章が消えている？

が、今はそんなことを気にしている余裕はない。

「決着をつけるぞ！」

エルヴィスが軽く腰を落とし、床と平行に構える。

頭部はがら空き。防御のことなど考えない。

いや、それだけでなく、おそらく攻撃のことも考えていない。あんなに足を大きく開いて僕に正対したら、こっちの動きに対応しづらいはず……。

ポーズの格好良さ――。

エルヴィスが重要視しているのはそれだけだ。

「望むところだ！」

アナスタシアをヤッたばかりだが、僕の精神はまだまだいきり立っている。賢者タイムはまだまだ先だ。

世界最強の勇者、そんなもの……こいつで犯してやる！

「勇者がそんなもので倒せると思うなああっ！」

エルヴィスは血まみれの口で絶叫すると、さらに腰を落とし、尻餅をつくような体勢になると、そこから両足で地面を蹴って、前進する。

――速い！

どう考えても動きにくい体勢から、地面すれすれを滑るように跳躍する。

「うらっ！」

エルヴィスの剣が僕の身体《からだ》に向かって振り下ろされる。

これは通常攻撃、防御可能だ。僕は斜めに触手を入れて力を反らすように斬撃を弾く。

――カゥパァッ！

粘り気のある音を立てながら、触手を包む粘液がロングソードの衝撃を逃がす。

エルヴィスの『勇者ストラッシュ』は背を向けるほど大きく身体《からだ》をねじることが発動条件。

それ以外の攻撃はなんとか触手で防げる。

「おらっ！」

すぐに体勢を整え、再度袈裟《けさ》斬りを繰り出すエルヴィス。

それを一本の触手で受け止め、残った触手をエルヴィスの頬に射ち込む。と同時に触手で地面を突き、後方に身体を飛ばす。

展開している触手は四本。

二本を移動の補助。残り二本で攻撃をする。

相手の剣は一本、かならずこっちの手数が多くなる、対エルヴィス戦ではこれがベストの布陣のはず。

「うらっぁあああっ！」

一本の触手で剣を反らし、残った一本で攻撃、すぐに離脱。

楽しい。完全な興奮状態で恐怖心など吹っ飛んでしまっている。

心も身体もギンギンの状態だ！

「おらっ、おらっ」

一本の触手で剣を反らし、残った一本で攻撃、すぐに離脱。

触手で剣を――。

「おら、おら、おらっ！」

――クソッ！　間に合わない！

斬撃をなんとか反らすことはできたが、射ち込めない。そのまま触手でステップバック。

「おら、おら、おら、おらっ！」

続けざまに追撃の斬撃が僕に迫る。

もう一度、後ろに大きく跳躍。

壁際、これ以上はバックできない。今度は左に跳躍する！

が、エルヴィスを振り切ることはできない。

「どうした？　もう終わりか？」

鼻と鼻が触れそうなほどの近距離で爽やかな笑顔を見せるエルヴィス。

「こんなもんで、終わるかぁ！」

全開だ！

力と心のすべてをぶつける触手の連打をエルヴィスに射ち込む。

五発、十発とエルヴィスの腹部に触手がヒット。

エルヴィスの身体を吹き飛ばす。

が、エルヴィスには異常なタフネスがある。

まったくひるむことなく、すぐにエルヴィスが間合いを詰める。

「あれ？　もしかして必死なのか？」

また鼻先まで顔を近づけるエルヴィス。

その顔を触手で払おうとするが、ひょいと上体を反らしてかわされてしまう。

「あれ？　ごめん、もしかして速すぎた？」

完全に吹き飛んでいた恐怖が戻ってくる。

「こ、こいつ！」

それを吹き飛ばすように触手を数発連続でボディに射ち込む。

「おっと！」

エルヴィスは軽やかなステップでそれすら回避しながら、僕の左側面に回る。

と、同時に僕の腹部に強烈な衝撃。

エルヴィスの膝が僕の腹に食い込んでいる。

ぐはっ！

床に倒れ、転げまわりながらなんとか距離を取る。

次の僕の視界が捉えたのは身体《からだ》を大きくねじるエルヴィスの姿。

——勇者ストラッシュがくる！

もう、あれをやるしかない！

僕は残った触手をエルヴィスの正反対の壁際に伸ばし、あるものを掴《つか》む。

「喰らえ、究極の一撃！　勇者ストー――」

エルヴィスの限界までひねった身体からはじけるように放たれる一撃――。

その直前に僕はそれを投げ入れる！

「うおっと！　残念でした！」

斬撃を放つ直前。

エルヴィスは驚くべき反射速度で動きを急停止し、僕が投げ入れたそれを胸で受け止める。

「知ってるよ！　生きてるんでしょ。わかんだよね。完全に死んでたら、拘束も完全に消えるはずだからね。まだちょっとだけ残ってる感触あるもん。正義の勇者に教会の人斬らせるなんて、酷《ひど》いヤツだね」

エルヴィスの胸の中でお姫様抱っこの形で抱えられる女性の身体。

手足は力なくだらんと垂れたまま。

しかし、溶けてボロ布と化した白衣で包まれた胸が呼吸でかすかに上下している。

「さ、もう大丈夫、えーと、アナ、アナ……なんとかさん」

エルヴィスは名前も知らないくせに、抱き留めた身体を眠ってしまった幼子をベッドに運ぶように、少し離れた壁際にそっと横たわらせる。

そして、ゆっくりと僕へと向き直るエルヴィス。

「よくも……、俺を怒らせたなあああっ！」

エルヴィスの甲高い絶叫がホールに響き渡る。

そしてエルヴィスは再び身体《からだ》を大きくねじる。

完全に背中を見せ、水平に構えた剣は身体の後ろへと隠れる。

「喰らえ！　勇者ストラッシュッ！」

エルヴィスの全身全霊を込めた究極の一撃！

それが虚しく空を斬った。

「なに？　外した？」

いや、むしろエルヴィスのロングソードは正しく、空を斬ったのだ。端《はな》からその場所には誰もいなかったのだから。

「バカな。たしかに斬ったはずだぞ！」

僕に背中を向け、空を睨《にら》みつけるエルヴィス。

一瞬、萎えかけた僕の精神はすでに回復、はちきれんばかりにいきり勃っている。

早く！　これをぶちまけたい！　心がイキたがっている！

僕は四つの触手を束ね、ひとつにすると、それを全力でエルヴィスの顔面に叩きこむ。

——目射！

全力の一撃が無防備なエルヴィスのこめかみを犯す！

さらにもう一撃。

——愚射！

みぞおちを触手が突き上げる！

そこからは無我夢中の滅多射《めったう》ち。全身全霊をかけて、エルヴィスに触手を射ち込む。

こめかみを射たれて揺れている頭に二発三発四発。

「うおおおおおおおっ！」

無防備な状態での滅多射ち。

——怒姦ッ！

僕の全力の一撃が真正面から鼻面を捉え、国最強の勇者を吹き飛ばす。

「はあ……はぁ……」

ついにエルヴィスが倒れ、動かなくなる。

死んではいない。脳を揺さぶられ意識が飛んでいるだけ。しかし、当分は起き上がることはできないだろう。

「おみごとです」

拍手と共にゆっくりと身を起こしたのは、先ほどエルヴィスに抱きかかえられ、壁際に避難させられた、ぼろぼろの女性。

それはアナスタシアではなく、シスター・ソフィアであった。

ぼろぼろに溶けた白い貫頭衣《かんとうい》に身を包むシスター・ソフィア。

その紅い目が艶《なま》めかしく僕の顔を見上げている。

「全然似てないですよね」

僕がそう言うと、いたずらっぽく笑うシスター・ソフィア。

アナスタシアの髪の色は銀髪。触手の粘液と砂でごまかしたとはいえ、金髪のシスター・ソフィアとはまったく似ていない。

「勇者エルヴィスは自分以外に興味がありませんから」

シスター・ソフィアは自分が変装のために身に着けた、貫頭衣の残骸を胸元にかき集めながら言う。

シスター・ソフィアと口づけを交わした直後、この作戦を打ち明けられた時には、正直、無茶だと思った。

だから僕はこの案を実行したくなかったのだが……。

「一緒に帰ると約束したばかりじゃないですか」

シスター・ソフィアは僕に向かって叱るように言った。

第一の瞳術《どうじゅつ》で幻覚を見せるには、かなりの時間、相手と目を合わせる必要がある。

しかも、エルヴィスはすでに一度、瞳術にかかっており、警戒しているはず。そう思っていたのだが……。

「不遜《ふそん》な人間はどれほど力を持っていても脆《もろ》いものです」

シスター・ソフィアの見下ろす先。そこには気を失い、死んだように横たわる国最強の勇者の姿がある。

「とはいえ、いつ息を吹き返すかわかりませんね！」

「さあ、一緒に帰りましょう」

「は、はい」

「他のみなさんに合流地点は伝えてあります。わたくしたちもそこに」

「は、はい！」

シスター・ソフィアがアナスタシアに変装するために交換した神職の貫頭衣《かんとうい》は、触手の粘液によってボロボロ。もはや、千切れかけの端切れをまとっているようなもの。

手で乳房を隠しているために お尻は露《あら》わになっている。

「……なにを見てるんですか？　そんな場合じゃないですよ」

「す、すみません、つい」

「わたくしだって、この溶けた布で変装するのは、恥ずかしかったんですからね？」

「わかってます！　危険な役割を買って出てくれて、ありがとうございました」

僕が改めて礼を言うとシスター・ソフィアは「むう」と頬を膨らませる。

「とにかく逃げましょう」

シスター・ソフィアはそう言うと僕の手を引く。
自らの姿に恥じらいながらも、どこか楽しそうなシスター・ソフィア。
その姿はエロティックでありながら、同時に神々しさを感じさせるのだった。

# ――エピローグ――

――聖女の大聖堂。

この国最大の教会であり、神域と人間の住む世界をつなぐゲートでもあり、そして、大聖女ルシアの住まいでもある。

「それで？」

大聖女ルシアの私室。

色が消失したかと思うほど、白一色で統一されていた。白いカーテン、白い家具。

そして純白のワンピースに身を包んだ大聖女ルシア。

「はい。ソフィア様と淫獣《いんじゅう》憑《つ》きは逃亡。行方はまだ摑《つか》めていません」

アナスタシアは添え木で固定された右足を苦心して畳みながら臣下の礼を取ろうとする。

「構いませんよ。立ったままお話ししましょう」

「しかし、私はあのような恥辱《ちじょく》を受け、この場にいることすら許されない立場」

そのうえ、大聖女ルシアと顔を並べて話すなど、不遜《ふそん》の極み。

しかも、邪教徒に捕らえられ交渉の材料となったのだ、本来であれば死をもって償うべき立場。しかし、それはすべての責務、そして報告と謝罪を済ませたのちに行うべきだとアナスタシアは考えている。聖騎士《パラディン》は与えられた任務を放棄してはならない。

「アナスタシアさん、そんな顔しないで。わたくしからのお願いです。立ったままでお話ししましょう」

「わ、わかりました」

大聖女の命令を拒否するのもまた不遜の極み。

アナスタシアは直立姿勢のまま目を伏せる。

「それでウルスラ伯は？」

「ソフィア様の要求どおり、嫌疑不十分で解放しました」

「そうですか……」

「解放までに厳しく尋問を行ったのですが、なかなか口が固く……残念ながら有用な情報は得られませんでした」

これまでの報告によると口が固いどころか、拷問を喜んだのだという。

もっとすごいのを頼む、もっと熱いのを垂らしてくれとせがみだす始末。

「ほかの魔女たちの行方も？」

「申し訳ございません。わたくしが人質となったばかりに逃走の時間を与えてしまいました。ウルスラ伯領のどこかだと思いますが、嫌疑不十分にした直後ですので、私有地に乗り込み、捜査をするわけにも……」

「たしかに、それはそうですね……」

ルシアのため息交じりの声。落胆しているようでもあり、どこか楽しそうでもある。

が、頭を下げ続けているアナスタシアの視界に入るのはルシアのスカートの裾だけ。その表情はうかがい知れない。

「西方審問騎士団《せいほうしんもん》が必ず見つけ出してみせます」

すでに追跡の段取りは指示してある。

自分がいなくとも、必ずや次の隠れ家を発見することだろう。

「アナスタシアさん。死ぬのはやめてくださいね」

「は……」

「わたくしはアナスタシアさんに死なれるととっても悲しいです」

ルシアのスカートの裾がふわりと回り、アナスタシアの視界から消える。

「少し休みましょう。アナスタシアさん」

続いてガタンという音。

アナスタシアは反射的に伏せていた目を上げてしまう。

窓を開けたルシアが吹き込む風に髪をなびかせている。

「気持ちいい。空気が新緑の匂いです」

数年ぶりに見たルシアの姿。

すっかり大人の女性に成長している。

陽光のようにまばゆく煌めく金髪。陶器のような艶やかな白い肌。そしてすべてを見通すような紅い瞳。

「あの人とわたくしはいずれ出会う運命なのです。あれは本来わたくしの元にあるべきものなのですから」

ルシアは窓の外からアナスタシアへと向き直ると、アナスタシアに微笑みかける。優しく、同時にどこか悲しげ、見る者が惹きつけられずにはいられない、怪しい微笑なのだった。

◆

――魔女の教会。

打ち捨てられた廃教会の地下に作られたアルローン派の本部。

地上部分の廃墟となった聖堂は深夜にこっそりと訪れる信者の悩みを聞く以外は使われることがない。廃墟は廃墟らしく人の気配があってはいけないのだ。

しかし、今日は陽の高い内から魔女たちが集まっていた。

祭壇の前には豪勢な食事が並び、飲みたい者の前には麦酒が提供される。

サバトの犠牲者の弔いと捕らえられた魔女たちの無事の帰還を労う会、そして、ウルスラさんとアナスタシアの人質交換成立の祝いでもある。

普段であればこのような宴は行わないのだが、ウルスラさんの人質交換の直後に当人の私有地に踏み込むことなどできない。だから特別にこんな大っぴらなふるまいができるのだ。

宴の輪の中心でウルスラさんが高々と杯を掲げ、何事か話すとドッと笑いが起こる。

ウルスラさんの身体《からだ》中には痛々しい火傷《やけど》の痕が残っている。

拷問で火のついた葉巻を押しつけられたらしい。

「案外普通のことをするんだなと拍子抜けしたね。もっと恐ろしい拷問があるかと思ってワクワクしたんだがね」

僕が傷の心配をするとウルスラさんは麦酒を片手にケラケラと笑っていた。

教会の異端審問は半端なものでないと聞く。

火を押しつけられただけでなく、壮絶な拷問を受けたはず。

それをつまらないと一笑するとは。

「私は星見《ほしみ》の儀《ぎ》で恩寵《ギフト》も夷能力《バグ》もないノーマルと判定されたんだけどね、実は痛みを快感に変える夷能力《バグ》があると思っているんだ。この力をシスターは〝ただの変態〟と呼んでいるんだけど……。で、どうせなら正式に魔女に認定されたくて教会に申し出たのだが、やはりただの変態として却下されてしまったよ」

自ら魔女だと名乗り出る貴族。教会側もさぞ変態だと思ったことだろう。

「いずれにせよ、私の邪教への関わりは嫌疑不十分で、釈放だそうだ。ふふ、嫌疑不十分ねぇ」

楽しそうに笑うウルスラさん。

ウルスラさんは数百年続く国有数の名家の当主、正教会もいったん嫌疑不十分にしたからには、当分、手は出せないだろうとのこと。

「それにしても、チンポくん、一躍、人類の敵になってしまったな。勇者エルヴィスを倒した、醜い怪物。すでに噂が広がり始めているぞ」

火傷の痕をポリポリと搔きながらウルスラさんが言う。

「……倒せてないのですが」

「いいじゃないか細かいことは、有利な噂の行方は風に任せてしまおう。いずれにせよチンポくん、キミは我々の切り札だ」

「そうなれるように頑張ります」

「これからが楽しみで仕方がないよ。キミのアレがこの世のウソをどのようにぶち壊して、どのような世界を見せてくれるのか。本当に楽しみだ！　頼んだぞ！」

ウルスラさんが手を差し出す。その手の甲にもいくつか火傷の痕がある。

火傷のことには触れず僕はその手を握り返す。

「どうも……」

正直なところウルスラさんが言っていることは詳しくはわからない。いったい教会はなにを隠しているのか？　アルローン派はなにを追い求めているのか？　そもそもこの触手がなんなのかさえ謎。この先になにがあるのかまったくわからない。

それでもついていこうと思った理由は……。

「あ、ウルスラさま、いらしてたんですね」

入口のほうからシスター・ソフィアの声が聞こえる。

廃教会はすべての窓を板でふさいでおり、昼間でも蠟燭の灯りのみで薄暗い。強い陽の光を背に受けるシスター・ソフィアの姿はシルエットしか見えない。

「やあ、シスター、元気そうだね。しばらく寝込んだと聞いたんだが」

「ええ、少し休んだら、すっかり良くなりました。ウルスラさまこそ、傷は大丈夫ですか？」

「なあに、この程度。針つきの椅子に座ったせいで尻が痛くてかなわんが」

「あら、それは大変！　一緒にお食事をと思ったのですが、お席にクッションを用意しますね」

シスター・ソフィアが光の中で僕に向かって小さく手を振る。

「シオンさんも、一緒にお食事をどうですか？」

背中から陽の光を受けるシスター・ソフィアは後光がさしているように見える。

打ち捨てられたレリーフの中から女神アスタルテが抜けだしてきたのではないか。そんな風に思えるほど神秘的で美しい。

いずれ正教会の追跡は再開し、僕たちはまた厳しい状況に置かれるだろう。

一方で僕の触手も力は増しているが、我を忘れるあの感触も強まっている。意識を浸食されてしまう不安もある。

アナスタシアのあの言葉。

――お前はただソフィア様に利用されているだけにすぎない。

その言葉の意味もわからない。

それでも僕の力でシスター・ソフィアを守ってあげたい。そう思うのだった。

# あとがき

大変ごぶさたしております。川岸殴魚《かわぎしおうぎょ》です。

前作、『呪剣の姫のオーバーキル』の最終巻が出たのが二〇二二年の五月ですので、約二年ぶりでしょうか。この二年間なにをしていたのかなどをつらつらと書きたいところなのですが、今回あとがきが二ページでして、スペースに余裕がなくてですね……。ざっくり言うとシナリオのお仕事をしておりました。大変よい経験になりました。

それにしても、いやー、戻ってくることができてよかったです。

移り変わりの激しいライトノベル業界でございますから、間の空いた二年間で次々と新人作家が現れ、そして流行もどんどん変わっていくわけです。そんな中、書く機会を与えていただけたことは本当にありがたいことでございます。

ということで、もう謝辞です。

ていうか、謝辞ってまだありますよね？　業界の変化が速すぎで、謝辞の風習はとっくに廃れた。とかないですよね？　もはや、それすら怖い！

いや、万が一、謝辞が廃れていたとしても、礼儀ですので謝辞は書きますが……。

というわけで、まずはイラストを担当してくださった七原冬雪《ななはらふゆき》さま。

素晴らしいイラストの数々ありがとうございました！　と、書きつつ、あとがきを書いている時点ではイラストの一部しか拝見できていないのですが（このあとがきあるあるはまだ健在でよかった！）、しかし、一部を見ただけでも十分に素晴らしい。なによりサービス精神全開で非常にありがたいです！　この企画、イラストが命でございますので、今後ともなにとぞよろしくお願いします。

そして担当の渡部《わたべ》さま。

今回も企画から原稿、なにからなにまでお世話になりました。というか、今回は本当にお世話になってしまいまして、感謝ももちろんなのですが、たいへん反省しております。おかげさまで、なんとか帳尻は合わせられたのではないかと……。

そして、編集長をはじめとして、この本の出版にかかわってくださった皆様にも改めて感謝を申し上げます。チャンスをいただきありがとうございます！

最後にこの本を手に取っていただいた読者のみなさまに感謝を。

今回はこれまでに出したシリーズとはわりとテイストを変えてみまして、僕としてもチャレンジなのですが、楽しんでいただければ幸いです。

そして、今作で僕の本をはじめて手に取ったという方もいらっしゃいますでしょうか？　もしいたら、大変うれしいです！　……もしかしてイラストに釣られましたか？　そういう企画なので、それもとてもうれしいです。もし、続刊がありましたら、またイラストに釣られていただきたい。あるといいな、続刊……。

ということで、以上、二年ぶりのあとがきでした。

01

シスター・ソフィア

02

シオン・ウォーカー

Character Design

03 ウルスラ・イェーリング

04 ルーナ・スリーバード

05 シャンタル・マギー

06 リアナ・ケリー

08 アナスタシア・スターリア

07 マリエッタ・ティス

09 勇者エルヴィス

# ガガガ文庫4月刊

## シスターと触手 邪眼の聖女と不適切な魔女

著／川岸殴魚《かわぎしおうぎょ》

イラスト／七原冬雪《ななはらふゆき》

あやしく微笑むシスター・ソフィアのキスで覚醒する少年シオンの最強の能力、それは『触手召喚』だった！ そんなの絶対、嫌だ！ 己の欲望を解放し、正教会の支配から世界をも解放するインモラル英雄ファンタジー！

ISBN978-4-09-453188-6（ガか5-35）　定価858円（税込）

## スクール=パラベラム2 最強の傭兵クハラは如何にして学園一の美少女を怪獣に仕立てあげたか

著／水田《みずた》 陽《あきら》

イラスト／黒井《くろい》ススム

おいおい。いくら俺が〈普通の学生〉を謳歌する〈万能の傭兵〉とはいえ、本気の有馬風香——あの激ヤバモンスターには勝てないぞ？ テロと陰謀の銃弾が飛び交う学園の一大イベントを、可愛すぎる大怪獣がなぎ倒す！

ISBN978-4-09-453187-9（ガみ14-5）　定価836円（税込）

## 帝国第11前線基地魔導図書館、ただいま開館中2 王国研修出向

著／佐伯庸介《さえきようすけ》

イラスト／きんし

「出向ですわ♡」「嫌すぎますわ♡」皇女の指令により「王国」の図書館指導と魔導司書研修に赴いたカリアは、陰謀に巻き込まれ——出向先でも大暴れの魔導書ファンタジー！

ISBN978-4-09-453181-7（ガさ14-2）　定価836円（税込）

ノベライズ

## マジで付き合う15分前 小説版

著／栗ノ原草介《くりのはらそうすけ》

イラスト／Perico《ペリコ》・吉田《よしだ》ばな　原作／Perico《ペリコ》

十数年来の幼なじみが、付き合いはじめたら——。祐希と夏葉、二人のやりとりがあまりに尊いと話題沸騰！ SNS発、エモきゅんラブコミックまさかの小説化！

ISBN978-4-09-453174-9（ガく2-10）　定価792円（税込）

ガガガブックスf

## お針子令嬢と氷の伯爵の白い結婚

著／岩上《いわかみ》 翠《すい》

イラスト／サザメ漬《づ》け

無能なお針子令嬢サラと、冷徹と噂の伯爵アレクシスが交わした白い結婚。偽りの関係は、二人に幸せと平穏をもたらし、本物の愛へと変わる。さらに、サラの刺繍に秘められた力が周囲の人々の運命すら変えていき——。

ISBN978-4-09-461171-7　定価1,320円（税込）

GAGAGA

ガガガ文庫

# シスターと触手 邪眼の聖女と不適切な魔女

川岸殴魚


発行 2024年4月23日 初版第1刷発行

発行人 鳥光 裕

編集人 星野博規

編集 渡部 純

発行所 株式会社小学館
〒101-8001 東京都千代田区一ツ橋2-3-1
[編集]03-3230-9343 [販売]03-5281-3556

カバー印刷 株式会社美松堂

印刷・製本 図書印刷株式会社





Printed in Japan ISBN978-4-09-453188-6

# 第19回小学館ライトノベル大賞
# 応募要項!!!!!!!!!!!!!!!!!!!!!!!!!!

## ゲスト審査員は田口智久氏!!!!!!!!!!!!

（アニメーション監督、脚本家。映画『夏へのトンネル、さよならの出口』監督）

**大賞：200万円＆デビュー確約**

**ガガガ賞：100万円＆デビュー確約**

**優秀賞：50万円＆デビュー確約**

**審査員特別賞：50万円＆デビュー確約**

**スーパーヒーローコミックス原作賞：30万円＆コミック化確約**
（てれびくん編集部主催）

## 第一次審査通過者全員に、評価シート＆寸評をお送りします

**内容** ビジュアルが付くことを意識した、エンターテインメント小説であること。ファンタジー、ミステリー、恋愛、ＳＦなどジャンルは不問。商業的に未発表作品であること。
（同人誌や営利目的でない個人のWEB上での作品掲載は可。その場合は同人誌名またはサイト名を明記のこと）

**選考** ガガガ文庫編集部＋ゲスト審査員 田口智久
（スーパーヒーローコミックス原作賞はてれびくん編集部による選考）

**資格** プロ・アマ・年齢不問

**原稿枚数** ワープロ原稿の規定書式【１枚に42字×３４行、縦書き】で、70～150枚。

**締め切り** 2024年9月末日 ※日付変更までにアップロード完了。

**発表** 2025年３月刊『ガ報』、及びガガガ文庫公式WEBサイト GAGAGA WIREにて

**応募方法** ガガガ文庫公式WEBサイト GAGAGA WIREの小学館ライトノベル大賞ページから専用の作品投稿フォームにアクセス、必要情報を入力の上、ご応募ください。

※データ形式は、テキスト（txt）、ワード（doc、docx）のみとなります。
※同一回の応募において、改稿版を含め同じ作品は一度しか投稿できません。よく推敲の上、アップロードください。
※締切り直前はサーバーが混み合う可能性があります。余裕をもった投稿をお願いします。

**注意** ○応募作品は返却致しません。○選考に関するお問い合わせには応じられません。○二重投稿作品はいっさい受け付けません。○受賞作品の出版権及び映像化、コミック化、ゲーム化などの二次使用権はすべて小学館に帰属します。別途、規定の印税をお支払いいたします。○応募された方の個人情報は、本大賞以外の目的に利用することはありません。